CAMINO DE VUELTA

JERO GARCÍA
CAMINO DE VUELTA

 temas de hoy

© Jero García, 2026
Corrección de estilo a cargo de Harrys Salswach

© Editorial Planeta, S. A., 2026
temas de hoy, un sello editorial de Editorial Planeta, S. A.
Avda. Diagonal, 662-664, 08034 Barcelona (España)
www.planetadelibros.com

Primera edición: mayo de 2026
ISBN: 979-13-87869-88-5
Depósito legal: B. 25.027-2026
Composición: Realización Planeta
Impresión y encuadernación: Rotroprint
Printed in Spain - Impreso en España

A Rebeca Pérez García-Lago, del Colegio San Agustín–
Los Negrales, para que sigas iluminándolo todo.
A Sofía Siverio Llanos, del IES La Guancha–Jerónimo
Morales Barroso, para que recuerdes que,
con tu valor, siempre serás gato y nunca sombra.
A Manuel Fernández Kim, del Colegio Mirasur School,
para que siempre superes la última curva.
A Rosario Beltrán Álvarez de las Asturias, del
Colegio Alegra, para que nunca te falte la valentía
de seguir hablando.
A Ángela Zhu Zhixuan, del Colegio Palacio de Granda,
para que decidas siempre tu camino, con la certeza de que
quien se atreve a buscar acaba encontrando el de vuelta.
Y a 5º y 6º de primaria, del CEIP Quinta Porrúa,
porque junto a sus profes hacen latir un corazón de
palabras que mantiene vivo todo lo que está bien.

A todos ellos, en nombre de las más de trescientas voces jóvenes que hicieron de #JerobuscaPrólogo algo mucho más grande que un concurso: una conversación que ya no se puede detener.

Todo empezó una noche cualquiera, mientras cenaba con mi mujer. Surgió entonces una idea sencilla: que este libro comenzara con las palabras de quienes están viviendo ahora mismo las historias que aquí se cuentan.

Con un margen de apenas dos semanas lanzamos un llamamiento a centros educativos de toda España, invitando a sus alumnos a escribir el prólogo de Camino de vuelta.

Y entonces empezaron a llegar, desde todos los rincones del país, más de trescientas miradas anónimas sobre lo que significa crecer, caer, levantarse y encontrar el camino.

Estos cinco finalistas son el eco de ese impulso.

Gracias a todos los que escribisteis. Gracias por compartir. Gracias por atreveros.

Porque esta generación tiene mucho que decir y la valentía de hacerlo.

Y cuando alguien se atreve a contar lo que vive, aparecen caminos.

También el camino de vuelta.

PRÓLOGO
ENCONTRAR UN CAMINO DE VUELTA

Me sentía atrapada entre unas paredes que nadie más parecía ver. Los adultos se conformaban con decir que «eran cosas de adolescentes», pero los agujeros negros a veces te consumen tanto que, cuando te das cuenta, ya es demasiado tarde para volver a la superficie.

A veces vuelvo a esos momentos precisos y rememoro sentimientos que había intentado ocultar en lo más profundo de mí. Tal vez por vergüenza, por miedo o simplemente por querer olvidarlo, porque recordar también significa enfrentarse a lo que uno no hizo cuando más importaba.

Cuando estás tan hundida en tu propia tristeza, te olvidas de que no estás sola —aunque así lo sientas— y de que tal vez otras personas se sienten sumidas en un pozo mucho más hondo que el tuyo. Puede que esa fuera la razón por la que no hice nada aquella vez, por la que no noté las señales... o no quise notarlas.

Recuerdo cuando aquel niño llegó a clase con una sonrisa en la cara. Éramos muy pequeños, pero fue en ese mismo instante cuando tuve claro que sería mi amigo.

Los niños pequeños no son conscientes de la mayoría de las cosas. Por eso, en aquel entonces, a nadie le parecía motivo de burla que aquel niño estuviera un poco más rellenito que el resto, que sus mofletes estuvieran más hinchados, con ese tono rosado que aparece cuando uno sonríe demasiado, y que su barriga nunca fuera tan plana como la de los demás.

Solemos olvidar que los niños crecen. Con el entorno y las circunstancias cambian su forma de ser, de comportarse y de tratar a los demás.

No recuerdo un momento exacto en el que me separé de él. No hubo una discusión ni un acontecimiento concreto; fue algo más difuso, casi como un atisbo de niebla. Conocí a otras personas, me hice amiga de ellas muy rápido y nos convertimos en ese grupo inseparable que parecía ocupar siempre el centro del aula. Correteábamos por el lugar como si nos perteneciera.

Sin darme cuenta, me fui alejando de aquel niño sonriente que tiempo atrás había considerado mi mejor amigo.

Hay años que siguen borrosos en mi mente. Quizá porque sean demasiado duros para recordarlos, pero hay escenas que se repiten sin cesar.

Con el tiempo, ese niño sonriente dejó de sonreír tan a menudo. Poco a poco dejó de notarse su presencia. Me olvidé de que alguna vez había sido la única persona con la que me sentía yo misma. Se escondía en las esquinas con la esperanza de volverse invisible, pero nunca lo logró del todo.

Empezaron a notar que era diferente al resto, al menos físicamente, y lo usaron como excusa para descargar en él todo lo que en sus vidas les hacía sentirse frustrados.

Al principio solo fueron risas. Lo escogían el último para los equipos en educación física, le daban con el balón de forma «accidental». Nadie notó que algo estaba ocurriendo. Y si lo notaron, nadie quiso hacer nada.

La imagen sigue grabada en mi cabeza como una cinta rayada.

Mi grupo de amigas y yo en la esquina del patio.

En el otro lado del recreo, en la portería de fútbol, un tumulto de gente parecía estar rodeando a alguien. Mi grupo me arrastró hacia allí entre carcajadas, y entre la gente pude ver un rostro que, a pesar de haber visto tantas veces, en ese momento me pareció irreconocible.

Aquel chico que en infantil se había sentado a mi lado con la mayor sonrisa que he conocido, ahora tenía un rostro sin vida, descompuesto por las lágrimas.

Rodeándolo estaban seis compañeros de clase, la mayoría mucho más altos, mucho más fuertes, mucho más populares.

No me percaté de lo que estaba pasando hasta que comenzaron los insultos.

—¡Pero mira qué gordo!

El resto de los chavales se reía, grababa con sus teléfonos, los animaba para que siguieran. Quise gritarles que parasen, que le dejasen en paz, quise pedir ayuda. Pero no lo hice. Aunque a mí no me hacía gracia, me uní a las risas. Puede que, para no sentirme excluida, o tal vez porque era demasiado cobarde.

—¡Maricón, pedazo de maricón!

Los seis chavales comenzaron a rodearle, saltando y haciendo ruidos de mono, burlándose de él como si fuera un animal. Le empujaban, le escupían, como si fuese un juego para ellos.

El niño de la sonrisa en la cara siguió llorando.

Cuando vuelvo a estos recuerdos me consume la desesperación al pensar que no hice nada. Me quedé ahí mirando, como una más, mientras hundían en un pozo negro a la persona que más había querido.

A veces mirar también significa ser partícipe de la indiferencia.

Ese día, mientras el resto de los chavales se volvía más fuerte con el sufrimiento ajeno, a aquel niño le arrebataron la felicidad. Ese día quiso desaparecer.

Seguí mi vida sin notar mucho su ausencia, todo lo sucedido durante esos años se volvió una niebla para mí.

Hasta que años después volvimos a encontrarnos. Como si fuésemos desconocidos, volvimos a hablar, y, como si el tiempo no hubiese pasado entre nosotros, la amistad regresó más fuerte que nunca.

Para entonces yo ya había olvidado que algún día fui partícipe de la soledad y la desesperación de aquel niño feliz. Que, aunque no fui yo quien lo empujó a aquel pozo, tampoco llamé a nadie para ayudarle a salir. Me fui sin decirle nada a nadie y abandoné a ese amigo en el fondo de un agujero.

De alguna u otra forma, ese niño consiguió salir sin ayuda del resto, y su sonrisa volvió poco a poco a renacer.

A pesar de todo, cuando nos reencontramos, ese niño —que ya era mucho mayor— no me insultó ni me echó en cara no haberle ayudado. Simplemente me saludó con una gran sonrisa.

Entonces la vida me proporcionó un camino de vuelta. Una oportunidad para retractarme y pedirle perdón a ese chico feliz al que alguna vez herí tanto.

Durante gran parte de mi adolescencia me sentí perdida, sola, desesperada. Pero había olvidado que, mucho antes de eso, un niño se había sentido igual por culpa de otros jóvenes que no soportaban ver a alguien tan feliz… y por culpa de quienes apartaban la mirada porque, si no lo veían, entonces no ocurría. Para muchos adultos todo eso no era más que «cosas de niños», pero en realidad nunca fue solo eso. Porque los insultos, los golpes, las risas y la soledad que todo eso provoca en una persona jamás han sido un juego.

Un día, siendo ya más mayor, me giré hacia mi mejor amigo. Él me devolvió su característica sonrisa, la misma que estuvo perdida durante tanto tiempo.

Le miré con sinceridad y le pregunté:

—¿No me tienes rencor por lo que hice?

Mi amigo, el chico al que ahora admiraba tanto, negó con la cabeza.

—Lo importante es que has cambiado —me dijo—. Que te arrepientes, que te has dado cuenta de tus errores y que me has pedido perdón.

Sonrió como nunca lo había hecho y concluyó:

—Lo importante es que has encontrado tu camino de vuelta.

Desde entonces, el chico recuperó su sonrisa... y yo por fin pude perdonarme después de tanto tiempo.

PAULA CONDE BRIZUELA,
IES Giner de los Ríos (León)

1

Hora mágica en Madrid.

La calle Concha Espina con Paseo de la Castellana brilla como nunca. Un coro de noventa mil personas hace de banda sonora esta noche. Decir que el Bernabéu está lleno hasta la bandera sería quedarse corto. Las entradas se agotaron a los pocos minutos.

En el centro del recinto preside, en un césped impoluto para un campo de fútbol de estas características, un *ring* de dieciséis cuerdas. No se va a disputar un campeonato del mundo, ni de Europa, ni siquiera un campeonato de España. Lo que está a punto de empezar es una velada entre jóvenes *influencers* que, en lo que al noble arte del boxeo respecta, aún llevan la L de novatos en la espalda.

Se apagan las luces y el silencio se hace en las gradas. La calma antes de la batalla. Un haz de luz apunta a la salida de los vestuarios y los primeros acordes de un conocido tema de AC/DC a todo volumen dan la bienvenida a uno de los dos boxeadores.

Su nombre es Necko, camina con paso firme y luce sus mejores galas. A saber: chaleco negro con detalles rojos, a juego con el pantalón de pelea, también negro, con bandas carmesí en los laterales. Aunque su postura transmite seguridad, en su rostro se vislumbra nerviosismo. Era de esperar. Será su primer combate de verdad, no es un entrenamiento. Por suerte, el Bernabéu es enorme y, desde las gradas, nadie capta los gestos.

Tras él, y avanzando con serenidad eslava, aparece Misho, que sí está genuinamente tranquilo, porque se sabe favorito. Es el reciente ganador de la Noche de Combos en Santiago de Chile, el equivalente a este enfrentamiento enguantado entre *influencers* en el Cono Sur.

Entre púgiles novatos, una pelea más a las espaldas es como tener el doble de experiencia, y eso se nota sobre la tarima brava, el cuadrilátero. Por eso Misho cree tenerlo todo ante el combate de esta noche. Necko, por su parte, cuenta con la ventaja de jugar en casa, sus seguidores abarrotan el estadio. Los gritos del Bernabéu lo confirman.

Misho camina a buen ritmo escoltado por su séquito. Necko, al contrario, avanza solo, mientras sus entrenadores le esperan pacientemente en su esquina. Quieren que disfrute del baño de masas sin robarle protagonismo. Creen que eso lo cargará de energía, y la va a necesitar. Con sus 80 kilos apretados y su 1,80 de altura, Necko es de esos tipos fuertes y anchos que es mejor saltarlos que rodearlos. Por desgracia, su rival es aún más alto, casi 1,90 con unos brazos que le llegan a las rodillas, roza los dos metros de envergadura. Una diferencia de tamaño que supone otra desventaja para el debutante.

Los rostros de los entrenadores de Necko reflejan dos estados de ánimo muy distintos. Uno luce preocupado ante el debut de su chico, otro parece enfadado. Aunque coinciden en algo: ninguno está dispuesto a hacer prisioneros. Han venido a una sola cosa, a conducir a su púgil a la victoria.

Misho es el primero en llegar al *ring* y espera tranquilo a su contendiente mientras da saltitos de calentamiento en su esquina.

Necko respira hondo y se toma su tiempo. Es obvio que está disfrutando el momento. Ha entrenado mucho y ha visualizado esta noche miles de veces, pero la realidad de noventa mil gargantas jaleándole supera cualquier escena que haya podido imaginar. Entra en el *ring* con una sonrisa descomunal, como si el trabajo ya estuviera hecho. El nerviosismo ha dado paso, quizá, a un exceso de confianza. Todo lo contrario que sus entrenadores que, tensos como cuerdas de guitarra, lanzan miradas gélidas a la esquina contraria.

El árbitro repasa a los dos púgiles, saluda a las esquinas y se lleva a los chicos al centro de la tarima para indicarles las últimas instrucciones.

—No quiero golpes por debajo de la cinturilla, los consideraría golpes bajos y os podría sancionar. —El réferi intenta hacerse oír alzando la voz por encima del griterío, pero los dos rivales están ocupados desafiándose con la mirada y todo apunta a que no atienden a nada de lo que dice—. Quiero que me escuchéis en todo momento. Cuando diga *break*, dais un paso atrás y continuáis; cuando diga *stop*, paráis y no se sigue hasta que yo lo diga.

A continuación, los obliga a chocar los guantes a modo de saludo y respeto. Visto desde la distancia, se diría que al rozar los cueros han saltado chispas. Tal es la tensión.

Misho y Necko se dirigen cada uno a su esquina, los segundos salen del *ring*, y se apagan todas las luces menos una, la cenital que alumbra el cuadrilátero.

El árbitro grita el primer *box* del combate y todos en las gradas clavan la mirada sobre los dos chicos, a la espera del primer cruce de golpes.

2

El portazo sonó más a final que a principio.

Alejo y Paola no se querían ir de su casa. A nadie le gusta tener que dejar su hogar, sus sueños, su país y todo lo conocido para embarcarse en una aventura incierta.

Él, psicólogo, y ella, actriz. Sus hijos, Mariola y Román, demasiado pequeños para entender los motivos, pero lo bastante mayores para saber lo que estaba pasando. Sobre todo Román, que pasó el viaje al aeropuerto mirando por la ventanilla del taxi con los ojos a punto de derramar lágrimas. Intentaba fijar en su memoria unos paisajes que sabía que tardaría mucho en volver a ver, si es que llegaba a hacerlo de nuevo algún día.

Argentina era un país que llevaba años en la cuerda floja y, a finales de 2001, de tanto ir el cántaro a la fuente, el cántaro se rompió. El Corralito, que así se llamó a la restricción gubernamental de las retiradas de efectivo de los bancos, fue la gota que colmó el vaso, y derramó un baño de realidad sobre la población.

Después de aquello, la cosa solo fue a peor. Muchos no tenían ni para comer, y los que sí comían, no puede decirse que se hartaran.

Los padres de Román eran de los segundos. Habían logrado mantenerse a flote, pero el día a día y las previsiones los habían obligado a replantearse su futuro. Al principio, habían optado por aguantar, con cierta confianza infundada en que aquello acabaría mejorando. Pero, con el paso de los meses, entendieron que la inflación y el expolio fiscal los llevarían a la ruina. Así que, finalmente y tras mucho pensar, se habían decidido: emigrarían a España.

Unos amigos suyos lo habían hecho en 2002 y se habían instalado en Carabanchel, un barrio de la periferia de Madrid. Cuando hablaban con ellos, siempre les decían que en la Madre Patria la economía iba como un tiro, y que las libertades y la abundancia de las que gozaban poco tenían que ver con las limitaciones que padecían ellos al otro lado del charco. Alejo y Paola le dieron muchas vueltas, valoraron los pros y los contras y, tras muchas noches de insomnio y muchas matemáticas, compraron los boletos al viejo continente para empezar una nueva vida.

Sus hijos lo dejarían todo atrás: casa, familia, amigos, colegio, juguetes..., la vida entera, pero sería por un bien mayor. En Buenos Aires, la vida no les iba a deparar nada bueno. La delincuencia crecía, la corrupción aún más, y el poco dinero que ganaban con mucho esfuerzo cada vez valía menos.

Aun así, la pareja era consciente de que al subir a ese avión no solo dejaba atrás las penurias económicas y sociales de un país fallido, sino también sus sueños profesionales. Alejo tendría que aparcar el diván una temporada y dedicarse a poner ladrillos o fraguar cemento, aprovechando el *boom* inmobiliario español que demandaba mano de obra por miles. Paola tendría que bajar de las tablas y ponerse a fregar suelos. A ninguno de los dos les importaba, si con ello podían reflotar económicamente a los suyos y garantizar un plato en la mesa y un futuro mejor para sus hijos. Eso era lo más importante, lo único, en realidad.

A sus ocho años, Román era ajeno a las tribulaciones de los adultos. Era lo bastante mayor para sentir el dolor de dejar su país y su vida, pero no tanto como para congeniar con el de sus padres. Las cosas de los mayores le traían sin cuidado, bastante tenía con lo suyo. Con las mejillas empapadas, no pudo contenerse más, en aquel taxi donde reinaba un silencio cargado de pena, Román pensó en su pandilla, en los partidos de fútbol de los sábados con su equipo y en cómo tendría que aprender a vivir sin el calor de sus amigos. Y se le hizo cuesta arriba.

3

Las palabras pueden hacer más daño que los golpes. Pero eso Javi no lo sabía. Como tampoco sabía que no era normal que los padres insulten a sus hijos desde que se levantan hasta que se acuestan. Eso era lo que hacía el suyo. Javi no sospechaba que sus compañeros del cole tenían padres que les hablaban con educación y respeto. No tenía ni idea. Su padre era como era. Y Javi había aprendido a convivir con él.

Fran, el padre de Javi, tenía por compañero de viaje el alcohol. Le gustaba bucear en los bares de Caraban-chel, su barrio, desde primera hora de la mañana. Un chorrito de anís en el café del desayuno; un par de ter-cios de cerveza con el almuerzo y otros tantos con la comida; de postre, un pacharán; que no falte un ron con limón para celebrar que se ha acabado la jornada laboral; dos cervezas bien frías al llegar a casa; unas copitas de vino con la cena y, al día siguiente, vuelta a empezar. Se levantaba siempre mosqueado, pero la primera copa del día le calmaba y, a partir de ahí, la euforia iba en aumento, así como la ingesta del maldito elixir. El problema era que todo lo que sube, baja; y el bajón coincidía siempre con la llegada a casa. Entonces salían los demonios.

Fran nunca le había puesto la mano encima a Javi, pero en cuanto llegaba a casa empezaba a apalizarlo verbalmente. Su hijo pequeño era la diana favorita donde descargar su frustración y el alcohol le ayudaba a desinhibirse. Sus insultos eran despiadados; su menosprecio, absoluto. Con su mujer sí que iba a más. Javi intuía que su padre pegaba a su madre, aunque nunca le había visto hacerlo. Y eso era porque, a pesar de su corta edad, era un echao p'alante. Si le tocabas las palmas, bailaba flamenco, y si oía a su padre amenazar a su madre, saltaba a defenderla.

En cuanto Javi oía las llaves de Fran abrir la puerta de casa, se refugiaba en su habitación para librarse del maltrato. Y salía de ella como un Miura en cuanto oía la más mínima amenaza contra su madre, María. Sentía que era su deber defenderla, y más después de lo que había pasado con su hermano mayor. Una vez se interponía y se convertía en el blanco de la ira de su padre, ni siquiera intentaba defenderse. Fran le superaba. Poca cosa podía hacer él. En lugar de eso, se esforzaba por ponerse una coraza para evitar que sus palabras y mala leche le afectaran. Aunque con escaso éxito. Cuando ya no podía más, salía a la terraza, se sentaba de rodillas y miraba por entre los barrotes del balcón. Fijaba la vista en las luces de Madrid, que se divisaban desde su pequeño piso carabanchelero, en una cuarta planta. Allí, de espaldas a su casa y a su padre, sin permitirse siquiera pestañear, brotaba una que otra lágrima. Y soñaba con despertar de aquella maldita pesadilla.

4

El combate empieza caliente, muy caliente. Los dos contendientes sacan la artillería, eso sí, cada uno sigue la hoja de ruta marcada por sus esquinas. Aunque, como dijo aquel filósofo del siglo xx, Mike Tyson, todos tienen un plan hasta que llega la primera hostia. De modo que los púgiles intentan desde el minuto uno ser obedientes, pero se queda en eso, en la intención.

A Misho le han dicho que aproveche su envergadura, que pegue de lejos y se mueva. A Necko, más bajito, y más fuerte, le han dicho todo lo contrario, que recorte distancias para llegar con sus golpes.

En boxeo hay dos factores que determinan la fortaleza. Tenemos la pegada, es decir, la fuerza de los golpes en sí. Y tenemos la consistencia, la capacidad de encajarlos. Esa es la verdadera fortaleza, tanto en el boxeo como en la vida. Dentro y fuera del cuadrilátero no es más fuerte el que no cae, sino quien se levanta antes. Por fortuna, Necko tiene ambas virtudes, que vienen a compensar su tamaño: una pegada descomunal que si te alcanza, creerías que te ha dado con un ladrillo en la cara, y un encaje espectacular, le puedes arrear con un bate de béisbol en la quijada y ni pestañea.

El problema del combate del Bernabéu es que los dos chicos han empezado muy revolucionados. Típico de boxeadores pardillos, porque es difícil, cuando no hay experiencia, calmar los nervios.

El primer minuto se desarrolla más o menos así: Misho va metiendo la izquierda recta desde su casa, manteniendo tranquilamente la distancia. Cuando llega al contrincante, la combinación es un uno-dos de manual, es decir, la continuación del directo de izquierda seguido del recto de derecha. Frente a él, Necko cabecea, menea la cabeza de un lado a otro para intentar salir de la línea de golpeo. Esa línea, que es el camino más corto de un boxeador al otro, es la que le han dicho sus entrenadores que tiene que acortar. Si lo logra, el búlgaro ya no podrá lanzarle los rectos. Cuando Necko logra esquivar los golpes de Misho, devuelve un *crochet*, un gancho horizontal, que hace temblar las tablas del *ring*.

El combate ha empezado de manera intensa, pero en el boxeo lo importante no es cómo empieza el combate, sino cómo acaba.

Al minuto y medio del primer asalto, los dos chicos jadean, intentan aspirar todo el aire posible para seguir en la batalla. Las indicaciones de sus esquinas han pasado a mejor vida y el espectáculo pugilístico se ha convertido en una pelea de estibadores de puerto. Los entrenadores se desgañitan en un intento por reorientar a sus pupilos, pero sus gritos se diluyen en el ensordecedor Bernabéu.

Los boxeadores acaban en medio del *ring* soltándose mamporros sin ningún tipo de educación. El dinamismo en los movimientos de Misho brilla por su ausencia y Necko hace rato que abandonó el cabeceo. Ahora el juego es decapitar al contrario.

Afortunadamente, el ángel de la guarda del noble arte del boxeo, la campana, marca el fin de semejante disparate.

5

Alejo, Paola y sus hijos aterrizaron en Barajas en noviembre de 2004. Si atravesar un océano con la vida entera en cuatro maletas puede resultar desolador, imagina sus rostros al aterrizar y encontrarse con el cielo gris de Madrid los primeros días de invierno, cuando habían dejado en Buenos Aires un sol resplandeciente de verano.

La nostalgia los golpeó esperando en la cinta de recogida de equipajes. Román miraba a su alrededor y no reconocía nada. Hasta su idioma sonaba distinto, con un acento que le resultaba ajeno y desconocido. «Los madrileños hablan raro», pensó.

Maletas en mano, la familia se subió a un taxi, un último lujo, para llegar cuanto antes y sin contratiempos a su nuevo hogar. Sus amigos carabancheleros les habían buscado un pisito modesto, de dos habitaciones, en su mismo barrio. Sus hijos tendrían que acostumbrarse a compartir habitación. Y tocaba olvidar aquel comedor gigantesco que habían tenido en Buenos Aires, donde casi se podía jugar al fútbol. La buena noticia era que tendrían cerca a sus amigos, algo es algo. La mala, que a pesar de haber vendido todo lo vendible y haber viajado con todos sus ahorros, la familia solo tenía dinero para pasar los primeros seis meses. Si Alejo y Paola no lograban encontrar empleo o si surgía algún imprevisto, podían quedarse en la calle.

Por suerte, Alejo empezaba un periodo de prueba al día siguiente de la llegada a Madrid. Su amigo había hablado con el capataz de la obra donde trabajaba, y este había accedido a dar una oportunidad al recién llegado. Paola dedicaría los primeros días a ubicarse y organizar el nuevo hogar, antes de empezar a buscar empleo.

Nadie durmió la primera noche en la nueva vivienda. Los padres no podían evitar pensar en si habían tomado la decisión adecuada. Los hijos se preguntaban cuándo empezarían a ir al colegio y cómo sería todo en ese nuevo país al que no habían pedido ir.

6

Su terraza, que coronaba el barrio, era para él su cámara de descompresión, la que limpiaba toda la mierda que había al otro lado del cristal. Aquel vidrio separaba los dos mundos que cohabitaban en el cuarto piso: la paz en el balcón, humedecida por sus lágrimas, y la guerra en el interior, siempre a punto de arder.

En casa de Javi la violencia olía a cerilla. La tensión se cortaba a diario con un cuchillo. Imposible vivir así y que no te afecte.

El chaval estaba acostumbrado a ser el blanco de su padre. Quizá por eso no estaba dispuesto a dejarse pisar por nadie más, era su forma de reafirmarse ante tanta humillación. En septiembre había empezado cuarto de primaria y, aunque a la hora del patio había muchos chicos mayores que él y un buen catálogo de abusones, pronto todo el colegio supo que con «el Javi» había que tener cuidado. Mucho cuidado. El chico llevaba un fuego dentro siempre por salir y, si hacías saltar la chispa, te quemabas.

Era lo que había aprendido en su hogar. La frustración de sentir que en el lugar donde debería estar más seguro era donde más peligro corría, coloreaba sus reacciones y estado de ánimo. Siempre en guardia, siempre con miedo, siempre con ganas de gresca. Si no podía controlar lo que pasaba en su casa, se aseguraría de controlar lo que pasaba fuera de ella. Si no podía evitar los insultos de su padre, se aseguraría de que nadie más le insultara. Si no podía evitar que Fran le humillara, se aseguraría de tener él también a alguien a quien humillar. No es que Javi lo quisiera de esa manera, no, es que así es como funciona el ciclo de la violencia.

Cuando se sentía seguro, Javi era un chaval tranquilo, noblote, amigo de sus amigos. Pero siempre con los nervios a flor de piel, por lo que era sencillo dar un paso en falso con él y hacerle saltar. En el fondo, era buen chico, pero tan en el fondo que algunos no se arriesgaban ni siquiera a intentar encontrarlo.

7

Tras la campana, los boxeadores —por llamarlos de alguna manera, porque de boxear en ese primer asalto, poco— se van cada uno a sus esquinas. Pelearon, sí, pero abrazar el noble arte, lo que se dice *abrazarlo*, más bien poco.

Llegan medio trastabillados; nunca un trecho tan corto se hizo tan largo.

Con la tensión por bandera llegan a sus esquinas, y es que esa es la principal razón del desasosiego cardiopulmonar: la tensión que se acumula cuando te enfrentas a otro tipo dentro del ensogado. Allí los recogen sus segundos, los acompañantes, en ese recodo necesario en todo combate, ellos son quienes te protegen, te miman y vigilan que no sufras demasiado daño. A cambio, solo piden una cosa, que les hagas un poco de caso. Justo lo contrario a lo que hicieron Misho y Necko en el primer asalto.

En una esquina suele haber tres personas: el entrenador principal —el único autorizado para entrar al *ring* durante el minuto de descanso, y el único que debe hablar con el boxeador—; el *cutman*, que repara daños físicos —cortes, hemorragias, hinchazones..., y si hace falta recolocar una nariz, pues lo hace—; y por último, el ayudante, que es como el tipo de mantenimiento del edificio: pone y quita la silla, moja al boxeador, sujeta el hielo en el cuello y, en situaciones extremas, le vacía el cubo de agua fría en los huevos. No hay mejor remedio para espabilar tras un desvanecimiento.

Durante un minuto —lo que dura la visita a la esquina— se pueden hacer muchas cosas. El *cutman* puede rebajar una inflamación o detener un sangrado con adrenalina y vaselina. El entrenador puede soltar una arenga o, si toca, hacer volar la toalla porque su púgil no está para más. En este combate, el único problema para los segundos de Misho y Necko es la falta de aire provocada por el exceso de tensión en la refriega. Los dos chavales están resollando como bestias. Nada raro. Los nervios y el peligro provocan reacciones distintas en cada cuerpo, y sobre un *ring* todo se magnifica.

Te puede dar por huir, aunque aquí es complicado, estás rodeado de cuerdas.

O te puede dar por pelear sin descanso y sin control, como ha pasado aquí.

Como se ha dicho antes, todo lo que sube, baja. Y tras ese primer asalto, toca comprobar cómo de dura será la caída.

En ambas esquinas, los entrenadores gritan más o menos lo mismo:

—¡Tranquilo! ¡Tranquilo! ¡Que como sigas así, te mueres!

La campana marca el final del descanso.

8

Una de las mayores preocupaciones de Alejo y Paola, desde antes de subirse al avión, había sido encontrar un buen colegio para sus hijos, uno que les permitiera incorporarse con el curso ya empezado. Al fin y al cabo, uno de los motivos principales para migrar había sido poder dar una vida mejor a sus hijos. Y, para ello, era imprescindible que recibieran una buena educación. No les valía cualquiera.

Habían visto que en España se daban tres modalidades. Colegio público, donde tendrían que pagar solo la matrícula; colegio concertado, donde tendrían que pagar una mensualidad muy modesta; y colegio privado, donde los pagos mensuales quedaban fuera de su alcance. Después de estudiar las distintas opciones disponibles en su barrio, eligieron un concertado, con aroma de privado, y subvencionado por la Comunidad de Madrid.

Se llamaba Nuestra Señora de los Dolores y estaba entre la calle Matilde Hernández y la avenida Pedro Díez. Era un edificio de tres plantas que lindaba con un polígono industrial, a pesar de ello, la zona estaba bastante bien. Como recién llegados que eran, desconocían que, algunos años atrás, aquello había sido una zona de guerra, un paisaje apocalíptico. El Carabanchel de principios del nuevo siglo no se parecía al de la década de 1980, cuando aquel paseo por donde ahora circulaban tranquilamente los escolares había estado flanqueado por edificios derruidos y frecuentado por drogadictos y delincuentes. En los últimos años, el polígono había pasado de ser un lugar prohibido al caer la noche, a ser el destino de músicos de toda índole. Las naves medio abandonadas se habían convertido en locales de ensayo para los mejores grupos del panorama musical madrileño.

Los padres de Román se habían presentado en el colegio días después de llegar a su nuevo país cargados de argumentos para convencer a la directora de que aceptara a sus hijos después de las fiestas de Navidad. La discusión se zanjó rápidamente, y con mucha más facilidad que en un centro público. Al fin y al cabo, poderoso caballero es don Dinero, y dos nuevas altas siempre vienen bien.

Román y Mariola recibieron la noticia con alegría. Ya tenían ganas de recuperar la rutina escolar y, por qué no, empezar a hacer nuevos amigos.

9

Las Navidades de 2004 acabarían siendo inolvidables para Javi, y no por un buen motivo. Esa época del año llena de magia y felicidad, especialmente para los niños, fue un auténtico infierno entre las cuatro paredes de su piso carabanchelero.

Cómo no, los responsables de toda la tensión fueron Fran y su consumo descontrolado de alcohol. Quizá aquellas fechas lo habían puesto más triste y melancólico que de costumbre, o más eufórico, quién sabe, o quizá su espiral descendente cogió velocidad coincidiendo con unas fechas donde los brindis y las celebraciones con copas en la mano son habituales. El caso es que en casa de Javi la temperatura subía cada día más, porque el alcohol que corría por las venas del cabeza de familia convertía cada pequeño incendio doméstico en una hoguera.

A todo eso había que sumar que lo que hasta el momento había sido un consumo más bien esporádico de drogas duras, se había convertido de la noche a la mañana en la norma. Nunca antes había llegado Fran tan tarde a casa o, si lo había hecho, al menos había llamado para avisar. Pero no durante aquellos días de diciembre, en los que llegaba a casa cada vez a horas más intempestivas y más pasado de vueltas.

María no entendía por qué a su marido le había dado por cerrar todos los bares del barrio, pero aguantaba estoicamente su comportamiento. Al fin y al cabo, de nada iban a servir broncas o reproches. Calentar más la situación solo los pondría en peligro a ella y a sus hijos, y eso era lo único que no quería que sucediera.

Por desgracia, todo tiene un límite y aquella situación era una bomba de relojería que, como era de esperar, estalló.

Fue el 28 de diciembre, los Santos Inocentes, ni hecho aposta.

Fran apareció en su casa borracho hasta las trancas y con las pupilas tan dilatadas que parecía que tenía las largas puestas. La mandíbula le temblaba como a un niño frente a la puerta de la Casa del Terror de la feria. Aquella noche, además de beber, se había empolvado la nariz más de la cuenta.

María lo miró de arriba abajo un poco avergonzada y preocupada. No quería discutir, no quería enfadarlo, solo quería saber qué pasaba. Por qué hacía eso todas las noches. Qué necesitaba de ella, de sus hijos, para comportarse como un hombre bueno y responsable. Quería saber por qué le estaba haciendo eso a su familia y cómo podían salir de esa situación.

Pero Fran no estaba para conversar, ni para pensar en causas y consecuencias. En su interior circulaba un fuerte remolino, y se convirtió en un huracán desatado. No dejó pronunciar más que un par de frases a María antes de soltarle un bofetón que la hizo caer de bruces en medio del salón. Aquello fue solo el principio. Mientras ella aún estaba en el suelo reponiéndose de la sorpresa, el susto y el golpe, Fran le escupió y empezó a arrastrarla de los pelos por toda la habitación mientras con la mano libre le lanzaba puñetazos. Estaba como poseído. Insultaba a su mujer de formas tan ofensivas que habría escandalizado al mismísimo diablo.

Hasta que de tanto tirar se quedó con el mechón de pelo de María en las manos y entonces la emprendió a patadas. A cada puntapié, la madre de Javi, que se había puesto instintivamente en posición fetal para protegerse mejor, se desplazaba un metro. Fran estaba desatado, lo que decía no tenía sentido alguno, no estaba bajo los efectos del alcohol o las drogas, sino embriagado por la furia para infligir daño. Y no tenía intención de parar.

Como era de esperarse, el escándalo despertó a Javi, que abrió los ojos sobresaltado y miró por costumbre hacia la cama de su hermano mayor. Por desgracia, estaba vacía. Llevaba meses así. Javi sabía lo que estaba pasando en el comedor de su casa. Lo que siempre había intuido, pero nunca había llegado a ver, estaba sucediendo en ese mismo instante al otro lado del tabique. Sabía que debía intervenir. Estaba muerto de miedo, pero no había otra opción. Tenía que proteger a su madre.

El panorama que se encontró al abrir la puerta de su habitación era desolador. El salón de su casa estaba destrozado, muebles tirados, objetos rotos. Su madre se había refugiado debajo de la mesa e intentaba mantenerse alejada de su marido. Le sangraba la nariz, tenía el pelo como si hubiera pasado por allí un temporal y lloraba como una magdalena. Al ver a su hijo, intentó indicarle con los ojos que volviera a su cuarto antes de que le viera su padre, que estaba de espaldas a él gritando, soltando patadas y dando puñetazos al aire. Cuantos más golpes lograba esquivar María, más se enfadaba Fran, así que la situación empeoraba por momentos.

En la vida, como en el *ring*, frente a una situación extrema, los humanos pueden reaccionar de tres maneras: huir, paralizarse o pelear. Javi solo tenía nueve años, demasiado pequeño para tener que enfrentarse a semejante encrucijada. Aun así, lo tuvo claro: iba a pelear.

10

—¡Segundos fuera! Tras la campana, el árbitro indica a los entrenadores que abandonen sus esquinas respectivas. Estos, obedientes, recogen sus cosas despacito y con mucho cuidado de no dejarse nada, con el fin de intentar arrancar unos segundos más de oxígeno para sus chicos.

—¡Box! —grita el tercer hombre sobre el cuadrilátero.

Necko y Misho se observan y se desplazan por la tarima como leones enjaulados. Si algo han aprendido del primer asalto adrenalínico es que no tienen que volverse locos. Sus miradas penetrantes y movimientos felinos tienen a las gradas expectantes. Un silencio sepulcral se instala de nuevo en el Bernabéu. El tono del combate ha cambiado radicalmente. Los dos chicos han pasado de la hostia limpia a la estrategia y el cálculo.

De repente, una voz emerge de la esquina de Necko para romper el ambiente eclesial:

—Dos directos de izquierda y rómpele la distancia.

Esa voz penetrante, que se ha oído hasta en lo más alto del gallinero, es la de Cola de Lagartija. Su rostro sigue mostrando el mismo enfado que hace apenas unos minutos, al ver entrar a su pupilo en el recinto. Aunque no ha sido él quien ha accedido al cuadrilátero durante el descanso, eso lo ha hecho el otro tipo que los acompañaba, ese no tenía cara de enfadado, pero sí una expresión preocupada. No cabe duda de quién lleva la voz cantante en esa esquina: Cola mandaba, los galones eran suyos, aunque no fuera él quien entrara a dar las indicaciones.

Cola, nacido y criado en Carabanchel, se labró una carrera como boxeador patrio en la década de los noventa y se retiró a principios de los dos mil. Fue campeón de España *amateur* y disputó una docena de peleas profesionales hasta el enfrentamiento por el campeonato de Europa en Italia. Aquella pelea, que contó con un arbitraje sesgado en favor del púgil local, fue su única y última derrota. Desde entonces, se ha dedicado a entrenar a nuevas promesas del noble arte del boxeo en su gimnasio del barrio Lucero, muy cerca del parque de la Cuña Verde, en la frontera entre dos de los barrios más populares de la periferia de Madrid: Carabanchel y Aluche-Latina. La Escuela de Boxeo, que así se llama, es un oasis en una zona antaño asolada por la droga y la delincuencia, que vivió más tarde los problemas que trajo consigo la ola de inmigración, tanto legal como ilegal, de principios de los dos mil y donde aún hoy el paro es endémico y la tristeza predominante. Quizá por haber crecido en esas calles, Cola es y ha sido siempre un tío bravo, tanto en el *ring* como en la vida. No se enfada por cualquier cosa y, si lo hace, es porque tiene una razón de peso, así que tiene que haber un motivo para el mosqueo que luce esta noche en su esquina.

Aunque parece que ha cedido la dirección de la pelea a su ayudante, él no pierde ojo de todo lo que pasa sobre la lona. Vigilante, sabe que quienes pelean son dos chicos nuevos con poco conocimiento pugilístico, pero eso no convierte el enfrentamiento en menos peligroso. El boxeo siempre lo es. Cada vez que te subes a la tarima brava, te estás jugando la vida. Cola lo sabe y se lo ha dicho a Necko muchas veces.

Da igual que en este tipo de combates entre *influencers* y famosos se usen guantes más grandes y pesados de lo habitual. En boxeo, cuanto mayor es el peso de los guantes, que se indica en onzas, más acolchados están y, por lo tanto, menos daño hacen. Los boxeadores profesionales suelen llevarlos de 8 o 10 onzas, dependiendo de su categoría de peso. Los noveles, como los de esta noche, los llevan de 14 o 16. Y sí, esto minimiza el riesgo, pero no lo elimina.

Necko hace un gesto casi imperceptible de asentimiento y procede a tirar dos izquierdas rectas para acortar distancia con su rival antes de rematar con un *crochet* de derecha que impacta, y de qué manera, en la mandíbula de Misho, que se desploma como un fardo.

Va a resultar que Cola tenía razón.

11

Si un niño argentino puede tener un *vicio*, ese ha de ser el fútbol. Con futbolistas de la talla de Maradona o Messi, dioses del balompié, es muy fácil que la mayoría de los críos del otro lado del charco quieran el número diez en su espalda. Román no iba a ser menos. Desde muy pequeño, cuando llevaba el balón, parecía que fuese una extensión de sus pies. Desde niño, en Buenos Aires, jugaba en equipos federados y tenía unas hechuras dignas de una estrella. Allí le respetaban como jugador, pues era de los mejores. A la hora de elegir equipos, siempre era el primero en la lista.

A veces, las estrellas que brillan en unos sitios se opacan en otros. En el Carabanchel de principios de siglo, un niño con una camiseta de Argentina, el diez a la espalda y con Maradona estampado, llamaba bastante la atención.

Diego Armando Maradona era el ídolo absoluto de Román, solo hablaba de él y lo hacía como si de un dios se tratara. No era admiración, era veneración. Entre que el asunto no interesaba mucho en las aulas carabancheleras y que el niño hablaba un poco raro, digamos que el chico no cayó muy bien en su nuevo colegio. El acento argentino podía hacer gracia al elenco femenino, pero en el masculino creaba un poco de animadversión.

El principio fue un poco complicado, sobre todo en los barrios, sobre todo en ese barrio. Empezaban a llegar hordas de inmigrantes, que venían de toda Hispanoamérica para trabajar y buscarse la vida. La mayoría de ellos acabaron en la periferia de las grandes ciudades, donde los pisos no eran tan caros como en el centro de las urbes. Así que empezaron a llegar de todas las nacionalidades y con muy distintos acentos de idioma castellano.

Se creó una cierta repulsa por parte de los oriundos del lugar, a nadie le gusta que le cambien sus formas de vida, y menos que les *impongan* otras culturas.

Un niño nuevo en el cole que jugaba bien al fútbol, que era el mejor de todos, de otro país y con un acento distinto, llevaba todos los números para ser el centro de alguna diana.

12

Javi se abalanzó sobre Fran como un loco, su padre estaba de espaldas, exasperado, no le vio venir.

Su cuerpo de niño se le agarró al cuello como una garrapata. Le abrazó con las piernas desde la parte posterior del cuerpo y con los brazos intentaba guillotinarle. Le apretaba con todas sus fuerzas, con todo su nervio, que no era poco.

Fran empezó a ponerse rojo, a medio balbucear, Javi apretaba tanto el cuello que lo de la guillotina no se iba a quedar solo en el nombre de la técnica usada.

María salió de debajo de la mesa e intentó quitar los brazos de su hijo del cuello de su marido.

Javi, ante el roce de su madre, relajó el agarre y en ese mismo momento Fran se zafó de su hijo pequeño.

Quedó en el suelo tosiendo y lamiendo sus heridas de arrepentimiento. Madre e hijo le observaban fijamente, sin odio, con auténtica lástima.

Era la primera vez que Javi veía cómo su padre trataba de verdad a su madre, siempre lo intuyó, pero nunca fue testigo.

Entonces estuvo en primera fila y no lo olvidaría nunca. Ese mismo día su vida cambiaría para siempre.

Los adultos pueden ser el cúmulo de los traumas infantiles y Javier empezaba a llenar su saco con ellos.

13

Cuando te caes después de un golpe, pueden pasar varias cosas y todas van a depender de cómo haya sido el puñetazo y la capacidad de encaje que atesores.

No es lo mismo llevarte un golpe en la mandíbula, en la sien, en la zona parietal o en la arteria carótida. Todos estos impactos son distintos entre sí por sus consecuencias, y si nos vamos a los que podemos recibir en el cuerpo, se abre otro muestrario de secuelas.

Hay golpes que te desconectan a nivel nervioso y te mandan a dormir, otros solo te desenchufan las piernas y eres consciente de todo, mientras tus extremidades inferiores bailan a otro ritmo distinto al querido.

Esto último es lo que le ocurría a Misho, estaba lúcido, pero después del *crochet* de derecha de Necko, sus piernas iban a su bola.

El 1,90 de estatura del púgil cayó a la lona como si le

hubieran pegado un tiro, pero se levantó como un resorte, desequilibrado. Tardó menos en levantarse que en caer. Eso de alzarse a la primera después de un *knockdown* es un error común en los boxeadores. Nadie quiere mostrarse débil y, aunque hayas caído, quieres hacer ver que estás en condiciones cuanto antes. ¡Error! Tienes diez segundos para recuperarte, ¡utilízalos! Lo recomendado es apoyar la rodilla y esperar a que el árbitro vaya desgranando la cuenta. Te levantas rozando el final del conteo de protección y tu forma de reponerte es mucho mejor, todo lo contrario a lo que a Misho le dio por hacer.

Se levantó rápido y rápido iban sus piernas, tanto que era muy difícil de controlar; según se levantaba, se iba para adelante y para atrás, más que para boxear, estaba para bailar.

El árbitro empezó la cuenta como una sentencia; uno, dos, tres, cuatro...

Misho seguía bailando *breakdance* y se le auguraba un triste final.

... Cinco, seis, siete... El árbitro, a la cuenta de ocho, tiene que preguntar al boxeador.

—¿Cómo estás? ¿Estás bien?

El boxeador tiene que contestar, levantar las manos y, por encima de todas las cosas, estar estable. Todas estas circunstancias estaban más lejos que cerca de la realidad.

Todo apuntaba a una victoria clara de Necko, su esquina empezaba a celebrar, pero un alto y claro tañido de campana vino para concluir el asalto y salvar a última hora al púgil, que seguía con el baile de San Vito.

14

El primer día de colegio en España para Román fue un 10 de enero, con un frío que pelaba. El colegio Nuestra Señora de los Dolores, no muy lejos de su nuevo hogar en la plaza Roger de Flor, se encontraba en lo más profundo de Carabanchel Bajo. La plaza era un conjunto de pisos construidos y cedidos por la Comunidad de Madrid para realojos. Casi todos los vecinos de estos edificios provenían del Cerro de la Mica, un asentamiento chabolista de los años ochenta. No era extraño que, al principio, por alguna ventana asomara la cabeza de un burro, a veces desde el tercer o cuarto piso. Eran familias acostumbradas a vivir con su terreno, sus animales y sus huertos. El cambio fue demasiado drástico para ellos. Con el tiempo, y después de algunos desahucios de animales, el barrio empezó a adoptar un ritmo más normal.

Estas edificaciones de los ochenta cambiaron de inquilinos con los años, pero rara vez se conocía a sus verdaderos dueños. Se suponía que pertenecían al Instituto de la Vivienda de Madrid y que no se podían subrogar —alquilar a otra persona—; sin embargo, quien hizo la ley, hizo la trampa, y pocos lugares había más tramposos que ese arrabal. Así que el padre de Román preguntó poco por el verdadero dueño del piso que marcaría el inicio de su nueva vida. Un precio módico y las llaves de una puerta de contrachapado bastaron para llenar de ilusión el vacío que traían de Argentina.

Cumpliendo con la tradición al prepararse para ir al colegio, la ocasión contó con la presencia de los padres. Salieron temprano y recorrieron en un santiamén los escasos quinientos metros que separaban la plaza Roger de Flor del centro educativo. Llegaron demasiado pronto y el colegio aún estaba cerrado, así que se quedaron esperando en la puerta mientras comenzaban a llegar los demás. Todos los que llegaban se preguntaban:

—¿Quiénes son estos?

En un barrio que parecía más un pueblo y en un colegio minúsculo, cualquier novedad se convertía en el tema de conversación. La comidilla de los días siguientes era: «¿Quiénes son y de dónde viene esta familia nueva?».

Román cruzó la puerta, subió los diez escalones que presidían el *hall* del colegio y preguntó dónde estaba su clase. Los padres acompañaron a la pequeña a Educación Infantil y dejaron que Román fuera solo, para evitar que siguiera siendo el centro de todas las miradas. Le indicaron que cuarto de primaria estaba en el tercer piso y, por supuesto, que no había ascensor: era un colegio que abogaba por el deporte.

Al entrar en el aula que indicaba «Cuarto B», se hizo un silencio incómodo. Todos lo miraban extrañados; no era habitual que un niño llegara a mitad de curso. Lo observaban con curiosidad, y aún más cuando abrió la boca para decir, con un acento extraño:

—Buen día.

La mayoría de los chicos lo miraban perplejos, pero había uno que no observaba nada de lo que sucedía. Ese niño tenía la mirada perdida en un horizonte más que lejano, a miles de kilómetros de esa aula carabanchelera, en ese lugar tan distante y tan cercano llamado tristeza.

15

Las Navidades de 2004 no fueron tristes, sino desangeladas. El episodio violento entre los padres de Javi parecía un mal sueño. Se corrió un tupido velo sobre el capítulo bochornoso vivido en ese hogar, pero mirar hacia otro lado no es olvidar. Nadie allí lo haría. Javi sabía que no había sido la primera vez que lo ocurrido en el salón de su casa sucedía.

Puedes olvidar cosas que intuyes, que no ves, pero cuando lo has visto y sentido, te arañan toda la vida. Son cosas que rasgan las entrañas, y el daño queda para siempre. Dependiendo del temperamento de cada cual, esa herida puede suturar antes o después, pero la cicatriz permanece.

Javi era un niño sensible y con una memoria fotográfica para el daño sufrido. Un acontecimiento traumático como el vivido durante aquellas Navidades no le dejaría inmune; esa rama rota jamás volvería a crecer.

Pasó todas las Pascuas como un muerto en vida, sin poder mirar a la cara a sus padres y vagabundeando por las calles heladas de su barrio. Nunca había tenido un invierno tan frío. Algo se le había quebrado por dentro, y no había pegamento que pudiera unir los trozos.

El regreso al colegio en enero fue como una tabla de salvación: la excusa perfecta para escapar de ese infierno llamado hogar, que lo quemaba hasta lo más adentro. Echaba de menos a su familia cuando era una, anhelaba el cariño que alguna vez tuvo en casa, añoraba los abrazos de su hermano mayor y su mano apretada de camino a la escuela cada mañana.

16

El entrenador de Misho salió como una centella al sonido de la campana, cogió a su chico antes de que se de-
rrumbara. Lo cogió en volandas, abrazándole del estómago y elevándolo una cuarta del suelo; si no lo hubiera
hecho, el boxeador de 1,90 habría caído como un plomo.
A pulso lo llevó a la esquina y lo acomodó en la banqueta
que, bien colocada por sus segundos, parecía esperar impaciente el trasero del púgil.

Había que trabajar rápido: en ese minuto se tiene
que recuperar al boxeador, te encuentras en la terrible
tesitura de que puede ir para arriba o para abajo.

—¡Hay que echarle agua por la cabeza y en los huevos! —gritaba el *coach* desesperado.

En esas circunstancias hay que estar tranquilo, los
nervios son malos consejeros. Misho no respondía, le
abofeteaban y no reaccionaba, cada vez quedaba menos.

El segundero del descanso era como una auténtica espada de Damocles encima de aquel rincón del Bernabéu.

Agua helada en la cabeza, agua helada en el cuello y, por fin, la reacción, el agua fría en los huevos hace levantarse a un muerto. A Misho se le abrieron los ojos como platos y miraba fijamente a su entrenador. Eran unas retinas tan abiertas que oían.

—¡No te quedes cerca de él, que te mata! —gritaba el entrenador preocupadísimo—. Pegar y que no te peguen. Tú tienes más envergadura. ¡Aprovéchala!

Intentaban inculcarle su hoja de ruta, pero Misho, mentalmente, seguía a lo suyo.

—¿Cómo voy? ¿Voy ganando? —preguntaba el púgil angustiado.

Un primer asalto igualado y un segundo donde te han mandado a la lona, la vida no iba muy bien.

En estos momentos es donde les entran las incertidumbres a los entrenadores y a los boxeadores.

A los entrenadores, las dudas de mandar a sus chicos a la batalla descarnada, cuando saben que no tienen muchas posibilidades de ganar. Misho solo podía vencer si mandaba a besar el tapiz a Necko y eso no era un panorama fácil de imaginar. El entrenador lo sabía y no quería jugarse el tipo del chaval.

Los boxeadores tienen diferentes indecisiones, dependen del coraje que tenga cada uno. Algunos tienen más valentía y otros menos; los más valientes se lanzarán a la pelea sin mirar atrás. Solo hay una opción: la guerra, pues vamos a por ella. Los que son un poco más tímidos (pugilísticamente hablando) y menos aguerridos, no se irán nunca a las trincheras, por mucho que esa fuera la única oportunidad de salir del *ring* con la mano en alto.

En definitiva, o Misho mandaba a la lona a Necko o esto tenía un triste final. En su despertar después de la pequeña siesta, supo que o bien ponía toda la carne en el asador o todos los meses de entrenamiento se iban al garete.

Su entrenador sabía que esto no pintaba bien, que era una pelea entre *influencers*, que posiblemente no volvería a subirse a un *ring*, ni a pisar un gimnasio de boxeo en su vida, pero que se iba a dejar la vida en ello.

—¿Quieres ganar?

Le preguntaban en la esquina.

—¡Sí!

Contestaba rotundamente Misho.

—Pues hazme caso, pedazo de cabrón.

La cosa se ponía tensa en el rincón.

—Puedes ganarle si me haces caso. No te vengas arriba. El boxeo es para listos y tú a este le ganas con inteligencia o te decapita.

Misho escuchaba a su entrenador atentamente, el míster se había puesto serio y hasta los ojos los tenía inyectados en sangre.

—Toca con la izquierda y, cuando camine, le metes la derecha en directo o en *uppercut*.

Esto era lo de cebar al rival con la mano adelantada y cuando arrancara a golpearte, te tenías que anticipar mandándole un golpe recto con la mano atrasada o uno ascendente; el *uppercut* era un puñetazo que sale desde abajo, creciendo y cortando, de ahí su nombre. Este es un golpe que hace mucho daño, castiga mucho, es un puño que no se ve. Tiene mucho riesgo al realizarlo, pues te obliga a bajar tu mano de la guardia, pero la recompensa es máxima.

Dicen que la letra con sangre entra mucho mejor y no había nada más sanguinolento que un buen puñetazo que te sentara de culo. Así que Misho había aprendido una buena lección en seis minutos que llevaban de pleito.

Ahora le tocaba poner en práctica lo que había llegado a aprender con la teoría, y el examen estaba a punto de empezar con el tañido de la campana.

17

El profesor presentaba a Román a sus compañeros y aprovechaba para explicar a todos los chicos de la clase de cuarto de primaria lo que estaba sucediendo en Argentina: la crisis económica de un país que empujaba a sus ciudadanos a huir. El profe don Carlos, siempre que podía, lanzaba una pullita para intentar educarte en la comprensión. Si te ponías en el lugar de los demás, podrías aprender algo, y Román era un claro ejemplo de que hay lugares con más suerte que otros.

Para niños de tan temprana edad, un problema económico en un país lejano era la última de sus preocupaciones, y su atención dejaba mucho que desear. Toda su concentración estaba en el nuevo: ese niño de media melena que había venido a invadir su «templo» a mitad de curso.

A las niñas les hacía un poco de gracia; Román era

guapo y nuevo, dos características interesantes para las conversaciones entre ellas. Para los chicos, en cambio, eso de ser «lindo» y, sobre todo, jugar al fútbol mejor que ellos, no les sacaba ninguna sonrisa.

Los primeros días fueron tranquilos. La vuelta de vacaciones siempre trae aventuras que contar, y eso los tenía bastante entretenidos. Román mantuvo un perfil bajo, rozando la timidez, pero había algo que no podía evitar: su pasión por el fútbol. No podía resistirse a ir detrás de un balón, y eso, en el patio de la pequeña escuela de Carabanchel, era como una religión.

La cancha de fútbol sala estaba enclaustrada en el mismo patio, o quizá el patio estaba enclaustrado en la pista multidisciplinar, donde las líneas de baloncesto, voleibol, tenis y, por supuesto, del deporte rey en su versión mini —el fútbol sala—, estaban pintadas.

Así que, mientras algunos chicos jugaban al fútbol y al baloncesto, había chicas que practicaban vóley u otras actividades. A principios de los años 2000, los deportes mixtos no estaban de moda; en aquel patio, los chicos jugaban con los chicos y las chicas con las chicas.

Debería hacerse un estudio profundo sobre cómo, en un patio escolar lleno de gente realizando actividades tan diversas, nadie se llevaba un balonazo. Eso sí que es un misterio de la creación.

A la segunda semana de colegio, Román no pudo contenerse y, ante la invitación de un compañero para participar en el partido del recreo, no pudo ni supo decir que no. Nunca había tocado una pelota en aquel patio, pero con los primeros dos toques ya se notaba que tenía calidad.

A esas edades, ya empieza a notarse el talento si lo hay. Román brillaba con un balón en los pies; la diferencia entre él y sus compañeros era abismal. Los chavales eran generosos en el esfuerzo y lo daban todo, pero con una pelota dejaban mucho que desear.

Solo había uno que jugaba bastante bien. Uno que manejaba ambas piernas y tenía un disparo considerable. Algunos equipos del barrio lo habían querido fichar, pero no le gustaba jugar con desconocidos; se ponía nervioso y prefería hacerlo con sus amigos.

Su padre lo había llevado a probarse en varios equipos, y él siempre iba a regañadientes. El padre era de esos que, lo que no consiguieron ellos, quieren que lo consigan sus hijos, aunque no disfruten del deporte. Pero los nervios de ese pequeño futbolista se convertían en bloqueos, y los bloqueos en brotes impulsivos, que terminaban en expulsiones. Así que cada prueba acababa igual: en expulsión y, en consecuencia, en rechazo del club incluso antes de ser admitido.

Ese niño no era Román, era Javi. Desde que volvió de las vacaciones, no había vuelto a jugar al fútbol. Se quedaba solo en un rincón del patio, sin querer hablar con nadie, deseando que lo dejaran en paz. Estaba enfadado con el mundo, porque sentía que el mundo, y todas las personas en él, le habían fallado.

18

Enero llegaba a su fin y, con él, el frío duro y áspero que suele gastar Madrid en esos meses. Todo lo contrario, al interior de Javi, que ardía con un sofoco fuera de lo común. Durante ese primer mes del año nadie en aquella casa quiso hablar de lo ocurrido, y cuando no se hablan las cosas, se enquistan. Todos pasaban de perfil e intentaban disimular como si no hubiera pasado nada.

Eso era lo que más quemaba a Javi. Y cuando uno lleva un fuego dentro y no lo apaga, ese fuego se convierte en incendio. Y este tipo de incendios no solo queman por dentro, también arrasan con todo lo que se pone por delante.

Después del episodio vivido en el salón de su casa en las recién pasadas Navidades —prueba irrefutable de violencia vicaria—, los golpes que recibió su madre le dolieron más a él.

Ese tipo de heridas hay que curarlas rápido, porque si no, el daño crece. Y crece.

La aberración que sentía ese niño por todo no hacía prisioneros. Se ponía en guardia para pelearse con todos y contra todo. No quería hablar ni relacionarse con nadie. Todo el mundo le sobraba.

Y su madre lo miraba de reojo. Sabía lo que estaba pasando su pequeño. Si alguien puede compadecerse del dolor de un hijo, es la madre; ese vínculo es inquebrantable. María sufría, pero sobre todo lo hacía por sus hijos. En lo más profundo de su ser sabía que tenía que poner fin a todo aquello, a ese torbellino de maldad que sacudía la casa. Pero no tenía fuerzas para actuar. Estaba hundida. Como un martillo que golpea un clavo, con cada golpe, con cada insulto, se iba hundiendo un poco más.

El odio de un niño tan pequeño empezaba a tomar un volumen considerable. Odiaba a su padre por maltratador, a su madre por permitirlo, a su hermano por huir... y se odiaba a sí mismo por no haber podido hacer nada más.

¿Y qué podía hacer un crío ante semejante injusticia? Odiar al mundo.

El aborrecimiento al semejante no tiene límites; puede ser infinito. Si no sanas tus heridas, estas sangran hasta dejarte vacío. Y ese vacío es un lugar inhóspito, donde solo estás tú y tu dolor, alimentando sin tregua tu propio sufrimiento.

Javi era como un volcán a punto de erupción. No hablaba con nadie, no atendía, no se relacionaba con sus compañeros, era un alma en pena.

Seguía encerrado en sí mismo, buscaba una luz que le ayudara a salir de su propio túnel oscuro.

19

Misho lo tenía claro, pero ¿quién nos aseguraba que su mente estuviera realmente clara? Después de la pequeña siesta que se había echado en la lona, nadie daba un euro por él. El gancho que había recibido de Necko habría hecho tambalear la columna más robusta.

Se repetía una y otra vez las indicaciones de su entrenador:

—Directo, directo y *upper* de derecha.

Si hubiera podido, se lo habría tatuado. Sabía que, o seguía al pie de la letra las órdenes de su esquina, o estaba perdido. Había hecho lo que le daba la gana en los dos primeros asaltos, y todo había salido como el culo. La desobediencia no había sido intencionada; los nervios son malos compañeros y, a veces, provocan una sordera aguda.

Necko estaba sentado en la banqueta como un gato

enjaulado, deseando salir al centro del *ring* para finiquitar la faena. Había tenido un primer asalto igualado y un segundo a su favor; tendría que hacerlo muy mal para perder el combate.

Un boxeador experimentado habría hecho lo que debía: dejar pasar el asalto sin tomar riesgos, obligar al rival a atacar, moverse y aprovechar sus errores para conectar golpes, dejando que el contrario asuma el riesgo. Pero nuestra mente está compuesta por tres cerebros: el reptiliano, el límbico y el neocórtex. El primero se encarga del instinto y no atiende a razones. El segundo, el emocional, gestiona sentimientos y emociones. El último es el que razona, el que piensa, el del sentido común. El cerebro reptiliano aviva el instinto, especialmente el de supervivencia, y no debemos olvidar que subir a un *ring* es jugarse la vida. Con mucho entrenamiento se aprende a controlar las emociones y a no dejarse llevar por ellas.

La experiencia es un grado, y en la tarima brava, mucho más. Dejarte llevar por el instinto sin control alguno puede ser fatal. Con noventa mil personas generando un ruido ensordecedor, el cansancio acumulado a estas alturas del combate y las ansias de salir con el brazo en alto, todo conspiraba para que Necko no escuchara las indicaciones de Cola de Lagartija y su ayudante.

Estaba claro que un otorrino no habría estado de más en ese *ring*, pues los problemas auditivos de ambos peleadores eran evidentes, y sus rostros acabarían pagándolo caro.

Necko salió como un loco, incapaz de calmar su instinto agresivo durante el minuto de descanso, y se lanzó sobre Misho como una auténtica fiera. Empezó a lanzar golpes a un ritmo frenético, solo quería arrancarle la cabeza; el boxeo era una ausencia. Desde la esquina, Cola y su ayudante se desgañitaban:

—¡Tranquilo, tranquilo!

Las cosas no son como empiezan, sino como acaban...

20

El fútbol une mucho, en especial durante edades tempranas, así que Román había abierto una puerta a su integración. El niño empezaba a sentirse parte de algo; solo deseaba oír el timbre que anunciaba el recreo por las mañanas. Al oírlo, salía corriendo a coger el balón, bajaba las escaleras a toda velocidad y llegaba al patio, preparado para empezar el partido cuanto antes. El receso educativo dura lo que dura, y no se puede perder ni un segundo.

Los participantes se colocaban en el centro del campo de fútbol sala, se elegían los capitanes (dos distintos cada día) y, entre ellos, se echaba a suertes quién sería el primero en escoger a su equipo. Se lanzaba un euro al aire, y toda la panda de críos seguía la moneda con la mirada. Cuando la gravedad hacía su trabajo y la moneda comenzaba a caer, todos estaban atentos para ver qué lado quedaba hacia arriba y cuál de los capitanes tendría el primer turno de elección.

Bastaron dos semanas para que esa primera elección siempre fuera la misma: Román. Está muy bien lo de jugar, hacer grupo, impregnarse de los valores que aporta el deporte, pero lo que más le importa a un grupo de niños es ganar.

El joven argentino era un coloso con el balón en los pies: defendía, robaba, llevaba el balón pegado como un sello a una carta, regateaba a todo el que se le pusiera delante, se posicionaba frente al portero y disparaba con contundencia, con el resultado necesario de un gol a favor de su equipo.

Román se convirtió en el blanco de todas las miradas, algunas de pura admiración y otras de pura envidia. Pero hubo una que no era ni lo uno ni lo otro. Durante un tiempo, esa mirada estuvo perdida, pero comenzaba a reencontrarse... y no traía mucha luz; al contrario, se volvía oscura. Tan oscura como pueden llegar a ser unos ojos inyectados en sangre.

21

Javi siempre había sido un niño alegre y dicharachero, con un toque que iluminaba su casa. Un niño que siempre estaba contento y con una sonrisa permanente. Pero, poco a poco, ese brillo se fue apagando. Los gritos no solo silencian voces, también apagan la luz, y esa casa había empezado a quedarse a oscuras. La relación de sus padres fue minando las fuerzas de Javi y también las de su hermano. Estas cosas no ocurren de golpe, sino gota a gota. Los daños colaterales de los conflictos familiares van dejando huella en todos.

Cuando las balas silban a tu alrededor, hay alternativas: algunos se esconden y se encierran en sí mismos, mientras que otros se enfrentan, luchan, pelean, dan la cara.

Javi, de pequeño, de más niño, pertenecía a los primeros, ya fuera por su edad o por su carácter. Cuando surgían problemas a su alrededor, se refugiaba en sí mismo y no quería saber nada de nadie. En su caparazón se sentía tranquilo.

La manera en que Javi intentaba superar los agravios no era la mejor ni la más aconsejable. Recluirse en sí mismo hasta alcanzar una introspección extrema no es adecuado para un niño. Estaba claro que un crío tan joven no contaba con otras herramientas, y quienes debían proporcionárselas ya tenían bastante con sus propios problemas.

Al principio sucedía de vez en cuando, pero a medida que las batallas en su casa se hicieron constantes, esa actitud se convirtió en algo habitual. Un chaval que adopta estos hábitos acaba haciendo de ellos su forma de vida.

Cuando alguien tan chiquito se pone la coraza de aguantar y aguantar, a veces termina explotando y, si explotas mucho, todo empieza a cambiar.

Hay quienes se van calentando poco a poco, y otros a los que no hace falta ni encender la mecha.

El hermano mayor de Javi pertenecía a los segundos, desde sus primeros años era de los que metían el pie en la batalla, era de esos que, con solo silbarlos, ya están viniendo. Y cuando él se ponía a danzar, la música nunca paraba.

22

En el boxeo se suele decir que los nuevos, al guantear, experimentan un minuto de gloria y dos de miseria. Si un asalto dura tres minutos, los principiantes en este noble arte tienden a comenzar con fuerza, pero van perdiendo intensidad a medida que avanzan los minutos. Esto de los minutos de miseria y gloria puede formar parte de la estrategia del boxeador más experimentado: lograr mantener un ritmo constante durante los primeros minutos sin desgastarse en exceso puede brindar una recompensa al final del *round*.

Los boxeadores con más batallas dominan este aspecto, administran su energía poco a poco, y dejan que los segundos pasen para, al final del asalto, aumentar la presión y proyectar una imagen de superioridad. Esto permite que los jueces, situados al pie del *ring*, se queden con esa impresión final. En resumen, buscan invertir la ecuación: dos minutos de miseria y uno de gloria.

Pues nada de esto ocurrió en el cuadrilátero del Santiago Bernabéu, estrategia poca, hubo pocos minutos de gloria y muchos de miseria.

Necko, que salió como un toro a finiquitar la faena, era más que favorito en las apuestas. Cuando quedaban tres minutos para el final, tenía todo en su mano: primer asalto igualado, segundo con una victoria aplastante con su rival en la lona y levantándose de milagro, y en el tercer *round*, el pobre de Misho huyendo que se las pelaba, con la intención de recuperarse de la golpiza del asalto anterior.

Pero tener miedo no quiere decir que no puedas ser valiente, lo que tienes que hacer es superarlo. Y vaya si lo hizo, Necko tiraba golpes sin cesar y Misho caminaba para atrás metiendo tímidamente la izquierda. Lo iba desesperando poco a poco.

En boxeo no hay nada más frustrante que fallar golpes, cazar todas las moscas del ensogado. Y es que el pupilo de Cola dejó sin insectos no solo el Bernabéu, sino el barrio de Chamartín entero.

El puñetazo errado no solo frustra, además cansa y mucho. Tanto que Necko empezó a tener muy acelerada la respiración y el corazón se le salía por la boca. Por más que la abría, no era capaz de coger una mínima bocanada de aire, como si hubieran succionado todo el oxígeno del estadio.

El cansancio insta a bajar el ritmo y, por tanto, ya no frenas tanto al rival, y si no lo frenas, le puede dar por atacar. Dentro de las dieciséis cuerdas, un resquicio en la guardia, un signo de debilidad puede ser fatal, sobre todo si el otro se da cuenta.

Y así fue, Misho vio la luz.

23

El fútbol tiene unos códigos, y los patios de los colegios, aún más. Si aúnas ambos, se crean unas reglas no escritas que marcan las pachangas de los recreos. Estos partidos son más serios de lo que parecen; en muchas ocasiones, son podios donde muchos niños se reafirman o, en caso contrario, se hunden.

Si juegas bien, tienes mucho ganado para ser aceptado en el grupo. Si juegas mal, te quedan dos opciones. La primera, ser muy generoso en el esfuerzo. Esto quiere decir que te dejas la vida en cada pelota. Todo ejército necesita soldados, y más de esos que se echan al barro.

La segunda opción es ser lo suficientemente fuerte como para aguantar las burlas y desplantes de los demás. Eso de ser el último en ser elegido, no recibir un pase ni por equivocación, o que te pongan de portero para que no molestes, es muy duro a edades tempranas. Así que necesitas ser fuerte, mentalmente, para que no te afecte demasiado.

Ambas formas de compensar tu déficit de juego son duras, pero nadie dijo que la vida en los patios de los colegios fuera fácil.

24

Roberto era el nombre del hermano mayor de Javi, o mejor dicho, «el Robert», como le decían. Los artículos eran importantes en el barrio, algo que daba empaque, especialmente en la adolescencia y en esos primeros años del nuevo siglo. Poner el artículo delante del nombre o apodo presuponía cierta distinción en los arrabales. La adolescencia en aquellos años —y en esas calles— era dura, y tener una buena referencia, incluida la forma en que te mencionaban, importaba... y mucho. Era clave a la hora de medir el nivel de intimidación.

El Robert era un joven con mucho carácter, una personalidad labrada a golpes. Esos golpes que te da la vida —ya sean físicos, psicológicos o verbales— duelen todos, y Fran se los había dado de todos los colores.

La relación del padre con su hijo mayor nunca fue buena. Roberto era un niño nervioso; desde sus primeros días ya se veía que no iba a ser «normal». De bebé era imposible dormirlo: caía unas horas en la cuna y se despertaba como si hubiera hibernado seis meses. Intentar que volviera a cerrar los ojos era misión imposible, y la banda sonora de gritos y lloros fue lo más común en los primeros meses de su vida.

Fran, al principio, lo aguantaba, asumía el alto voltaje de su primogénito, pero poco a poco fue hartándose, como solía decir:

—Estoy hasta los huevos de este niño. Como me siga tocando los cojones, te juro que lo tiro por el balcón.

La pobre madre, que sabía de lo que era capaz su marido, no sabía qué hacer. Lo cogía de la cuna y se lo llevaba al salón. Le daba el biberón, le ponía el chupete, le hacía masajes y le cantaba todo el repertorio de Camela, pero todo su esfuerzo era en vano. Parecía que, cuando su madre lo sacaba de la habitación y comenzaba a calmarlo con todos esos remedios, Roberto subía el volumen de sus llantos, como si retara a su padre, que permanecía en la habitación soltando improperios contra su hijo mayor.

Roberto fue creciendo, y a medida que lo hacía, también crecía su animadversión hacia su padre. Y Fran jamás demostró un gran cariño hacia su único hijo hasta aquel entonces. Parecía que el padre tuviera alguna cuenta pendiente con su retoño, como si aquel niño que debía haber llegado con un pan bajo el brazo, trayendo felicidad a ese hogar carabanchelero, hubiera traído una desgracia.

María, cuando se quedó embarazada, fue la mujer más feliz del mundo. Deseaba tanto a ese niño, deseaba tanto ser madre, que solo podía imaginar el momento de ver los ojos de su bebé.

Pero lo deseaba tanto que no midió todo el cariño que le podía dar. A veces, desear algo con tanta intensidad lleva a descuidar otras prioridades, o al menos eso fue lo que creyó Fran. El marido de María tenía claro que, con el nacimiento de Roberto, él pasaba a ser un personaje secundario en la película de su matrimonio.

Eso no podía ser: su mujer era suya, y punto. No tenía por qué compartirla, mucho menos con un bebé que lloraba noche tras noche.

Lo que debía llegar como un regalo se convirtió en una maldición. O eso pensaba Fran.

Y lo que Fran pensaba, en aquella pequeña casa de Carabanchel, era palabra santa. Y punto.

25

Misho se percató rápidamente de la debilidad de su rival.

La tarima estaba ensangrentada, es lo que significaba ser parte del combate estelar. Para cuando llegó el momento del enfrentamiento, el *ring* ya parecía tener más manchas de color rojo que un autobús de donación de la Cruz Roja. Después de seis combates con varias hemorragias nasales, la lona tornaba a granate.

Misho había visto cómo Necko abría la boca de forma desesperada, tanto que se le cayó el protector bucal.

Cuando el protector cae al suelo, lo habitual es que el árbitro detenga el combate, envíe al púgil a su esquina para que lo enjuaguen y luego reanude la pelea. Misho lo observaba fijamente y notó que su rival se dirigía hacia su rincón en muy malas condiciones. Era su oportunidad.

Quedaban aproximadamente dos minutos de los tres que dura un asalto; todo un mundo, toda una eternidad. Parecía que a Necko le tocaban los famosos minutos de miseria, mientras que a su contrincante los de gloria.

Era su momento, el preciso instante que había buscado toda su vida, cuando la gloria está tan cercana que la puedes acariciar con los dedos.

No podía dejar pasar la oportunidad, ganar el pleito dependía de hacerlo antes del límite. Pero justo en ese momento, la duda lo tomó. Y la incertidumbre apareció.

En su esquina le habían repetido una y otra vez que retrocediera y contraatacara aprovechando el empuje de su rival.

¿Y si no empujaba? El cansancio que atenazaba a Necko le impedía siquiera dar un paso al frente.

Es aquí donde ganan los listos, los que provocan, los que engañan. Había que sacar a relucir la picardía, porque la experiencia aún no era mucha. La viveza encima de la tarima brava es básica en la supervivencia, ahí arriba muchas veces no sobreviven los fuertes, se mantienen los listos.

Necko estaba detenido en medio del *ring*, sin aire ni fuerzas. Se temía lo peor, y si en el Bernabéu hubiera soplado un poco de viento, el púgil acompañado en su esquina por Cola de Lagartija se habría tambaleado hasta caer.

Misho comenzó a tocarle el rostro con la izquierda, y cuando Necko intentaba reaccionar mínimamente, recibía un devastador *uppercut* de derecha.

Eran golpes capaces de hacer temblar castillos. Necko los encajaba como podía; cada golpe que recibía hacía doblar sus tobillos.

La gente en las gradas aullaba con cada puñetazo, la situación empezaba a tornarse dramática, pero Necko seguía aguantando. No le quedaba fondo físico, sus fuerzas se iban por los desagües y sus sueños de triunfo se desvanecían.

Un zambombazo fallido dejó al descubierto el rostro de Necko. Es lo que ocurre cuando lanzas golpes sin control: tu nivel de exposición es máximo cuando fallas.

Y como cuchillo en la mantequilla, entró otro *uppercut*, pero esta vez con un resultado diferente. Necko cayó como un fardo, como un peso muerto. Todo se le fue a negro.

Según se derrumbó, ningún erudito del noble arte hubiera apostado a que se levantaría. El silencio en el recién remodelado estadio de Chamartín era sepulcral; no se oía ni una mosca.

Cola de Lagartija miró a su asistente con una expresión que delataba el pensamiento: «Sabía que esto iba a pasar».

Pero «el Ardi», como llamaban a su asistente, mostraba una calma fuera de lo común. Tenía una viveza en los ojos que irradiaba serenidad y astucia al mismo tiempo. Él sabía que esto aún no había terminado...

26

Era tiempo de asueto escolar, la hora del recreo. El centro del patio, que coincidía con el del campo de fútbol sala, estaba concurrido. Los dos futuros equipos se reunían allí, expectantes, esperando ver quiénes serían los capitanes, es decir, los críos que tenían el poder de elegir a sus jugadores.

En aquel patio de Carabanchel, la clase social tenía mucho peso; el dueño del balón ocupaba un estrato más alto que los demás. El propietario del esférico era uno de los capitanes y tenía el derecho de elegir a su rival, el capitán contrario. Esto generaba cierta controversia, pues si el primer capitán elegía a un rival más débil, ya estaba creando una vulnerabilidad en el equipo contrario incluso antes de empezar. Cuando eso ocurría, el revuelo que se armaba en el patio no tenía nada que envidiar a un debate en el Senado romano.

Sin embargo, este hecho no era muy habitual, y ese día no fue la excepción. El dueño del balón era Antonio, que había traído un Mikasa más duro que las piedras; cada vez que lo rematabas de cabeza, parecía que perdías unas cuantas neuronas. Antonio eligió a José María, más conocido como «el Chema», como capitán rival. Ambos jugaban más o menos al mismo nivel —tirando a regular—, pero tenían un pique extremo en lo que a fútbol se refería.

Antonio era más del Atleti que el propio Vicente Calderón, mientras que el Chema era más merengue que el Paseo de la Castellana. Cada lunes, esta pareja mantenía debates dignos del mejor programa deportivo nocturno, defendían a sus equipos con sangre, sudor y lágrimas. Estas últimas, sobre todo, por parte del pobre Antonio, ya que el Chema, como si de un as bajo la manga se tratara, siempre sacaba a relucir las nueve Champions de ventaja que tenía un equipo sobre el otro.

Era la primera vez que Román y Javi iban a jugar juntos. El pequeño Maradona ya estaba integrado en los entresijos futboleros del patio, mientras Javi comenzaba a abrir los ojos hacia ese mundo.

Antonio eligió primero; la nobleza obliga, y no hay nada más noble en un patio de colegio que ser el dueño de un buen balón. Sin dudarlo, escogió a Román. Aquí no había espacio para amistades, el pequeño argentino se había convertido en la estrella futbolística del momento, y a nadie le sorprendió la elección.

El Chema se decidió por Javi. Antes de la llegada del porteño, siempre era él el primero en ser seleccionado, pero en estas cuestiones, si te relajas un poco, te arruinan el asado.

El partido de ese día era de siete contra siete, aunque este número podía variar dependiendo de la participación, que en esta ocasión no era muy elevada. Donde sí había gente era en el público. La noticia de que Román y Javi iban a jugar juntos por primera vez había corrido como la pólvora, y la expectación era enorme. Todos los juegos cercanos se habían paralizado; un gran número de niños y niñas estaban detrás de las líneas que delimitaban el campo, esperando ansiosamente el enfrentamiento.

Se colocaron todos en sus posiciones: siete críos contra otros siete críos. Román contra Javi, Antonio contra el Chema, todos atentos a ese Mikasa rompecabezas que estaba a punto de rodar.

27

El dolor más duro no es ni físico ni psicológico: es el del alma. Ese que te desgarra por dentro. Los golpes que te da la vida se encajan según las circunstancias. Un niño de diez años, por mucho que haya vivido, tiene pocas herramientas para soportarlos.

Es posible que ese puñetazo de realidad te siente de culo, y entonces dependerá de la fortaleza que tengas lo rápido que te levantes... o si te quedas en la lona.

Da igual la edad que tengas: tu instinto siempre tenderá a esquivar los golpes. Pero por mucho que esquives, la hostia llegará tarde o temprano.

A Javi, los puñetazos de la vida empezaron a llegarle muy pronto. Al principio aguantó impasible: la mala relación de sus padres, la huida hacia delante de su hermano mayor, la sensación de que nadie lo quería, el alcohol y las drogas que tenían poseído a Fran... y así hasta una andanada de golpes que lo tenían *groggy*.

La vida y el boxeo tienen muchos paralelismos, y el «saco de las hostias» es una metáfora que aplica a ambos. El boxeo es un deporte peligroso; en competición, los golpes miden tu capacidad de aguante. Todos tienen características físicas más o menos parecidas; suelen encajar bien, de lo contrario, no se dedicarían a ello.

Esa capacidad depende de lo lleno o vacío que esté el famoso saco. Porque a medida que vas recibiendo golpes, se va llenando. Y el día que se llena, ya no aguantas más. Entonces, cualquier golpe que recibas te pone patas arriba.

Si a los nueve años ya tienes el saco lleno de hostias, solo te queda romperte en mil pedazos.

Y así fue. Javi estaba roto por dentro, pero no lo sabía. ¿Qué iba a saber un niño de tan corta edad?

Él solo se sentía triste, con ganas de llorar todo el día. Cansado, arrastraba los pies por el camino de su existencia. Todo era como un ciclo: empezaba sin ganas, melancólico, y cada día iba a peor. Cuando llegaba al punto de no querer seguir, cuando sentía que este no era su lugar ni su vida, empezaba a enfadarse.

Como un volcán, poco a poco iba echando lava... hasta que erupcionaba. Y vaya si explotaba. No dejaba títere con cabeza.

Javi era una bomba de relojería, dinamita a punto de estallar.

Con una mecha muy corta.

28

Necko cayó a plomo, haciendo retumbar hasta el último anfiteatro. Cola de Lagartija miraba hacia otro lado, mientras la esquina rival daba saltos de alegría. Misho se asustó, algo común en boxeadores noveles. La primera vez que tiras a alguien de un puñetazo es difícil de creer. Miras fijamente a tu rival tendido en la lona y, tras la sorpresa, solo deseas que no se levante antes de la cuenta de diez.

No parecía que Necko fuera a levantarse antes del conteo de protección; parecía que podrían contar hasta cien. Cayó como muerto.

—Uno, dos, tres, cuatro, cinco...

Y Necko abrió los ojos. Giró el cuello hacia su esquina y se quedó mirando fijamente a Ardi. Los dos cruzaron las miradas por un instante, y justo cuando el ayudante de Cola hizo un leve gesto con la cabeza, levantándola un poco, Necko se incorporó como un resorte. Parecía que hubiera algo conectado entre ese gesto sutil de Ardi y la recuperación de la verticalidad del púgil.

Cola de Lagartija no salía de su asombro. Había pasado muchos años en las esquinas como primer espada, además de los años que pasó con su entrenador Fernando, y jamás había visto una recuperación así.

Había visto mucho y leído más, pero la resurrección de Lázaro ante Jesucristo parecía una menudencia comparada con la vuelta a la vida de Necko.

Allí estaba, de pie en medio del cuadrilátero, tambaleándose, intentando que no se notara su estado. El árbitro lo observaba atentamente, debía seguir con la cuenta de protección.

—Seis, siete, ocho...

La cuenta de protección llegaba hasta ocho, momento en el que debes mantenerte equilibrado y atento a las indicaciones del árbitro.

—¿Estás bien? Camina hacia mí.

El boxeador debe levantar las manos, asentir con la cabeza y dar unos pasos firmes hacia el árbitro. Si lo hace sin mostrar debilidad, el combate puede continuar.

No se sabe cómo, pero Necko volvió de entre los muertos, y regresó con otro talante, más tranquilo.

Miró a Ardi en la esquina, y esta vez fue él quien asintió con la cabeza. Esa inclinación hacia delante denotaba una sola cosa: saldría de allí con los pies por delante o con la victoria.

Miró a Misho a los ojos y, sin pronunciar palabra, le dijo:

—O tú o yo.

Su rival pasó de un vagón a otro de emociones en un santiamén: de la sorpresa al inicio de la caída, al miedo provocado por el boxeador que acababa de volver de entre los difuntos.

Cola de Lagartija, asombrado, preguntó a Ardi:

—¿Qué coño ha sido eso? Estaba frito, Ardi, estaba frito.

—Alguien que ha muerto por dentro no es fácil de matar —sentenció Ardi con rotundidad, mirando con un toque de orgullo al que era el primer boxeador en su breve carrera como entrenador.

29

Y el esférico, duro como las piedras, empezó a rodar por el asfalto rugoso del colegio Nuestra Señora de los Dolores. Nunca un nombre estuvo mejor puesto para un centro escolar: cada vez que te lanzabas a defender un balón, te levantabas con la piel hecha jirones y un dolor solo superado por el orgullo de barrio.

Ese orgullo que, por un lado, te daba cosas buenas, como la capacidad de encajar golpes; pero por otro, traía cosas muy malas, las afrentas no se permitían y las faltas de respeto se pagaban muy caro.

El partido comenzó calmado; nadie quería cometer un error. La afición estaba expectante. En el boxeo se dice que, cuando los nervios te atenazan, se te encoge el brazo. En el fútbol, se te encogen las piernas. Pero cuando el miedo a fallar y el pánico a lo que piensen los demás te invaden, lo que realmente sucede es que el culo se te llena de preguntas y los huevos se te achican.

La responsabilidad apretaba a casi todos los niños del partido... salvo a dos que no iban a perder el tiempo en tonterías. Era su primer duelo, y su honor, su orgullo, estaban en juego.

Uno jugaba arriba. Román, en el campo, era un alma libre, como su ídolo Maradona. Javi, en cambio, jugaba en el centro del campo. Le gustaba controlar todo, repartía juego, y siempre fue un gran muro de contención.

Román comenzó fuerte, materializó fácilmente dos oportunidades de gol, demostrando un gran manejo con ambos pies, hasta marcar un gol con cada uno.

Javi acortó distancias con un gol de falta. Su zurda era una maravilla, donde ponía el ojo, ponía la bala... perdón, el balón.

El chaval de Carabanchel era zurdo natural; jugaba con la izquierda para casi todo, aunque no escribía con ella. Esto se debía a su padre, que insistía en que no quería «siniestros» en casa. A los zurdos se les llama así por el término latino *sinister*, que con el tiempo pasó a asociarse a lo oscuro o lo tenebroso. En épocas antiguas, ser diferente era visto como algo malo o defectuoso. Y si lo pensamos bien..., en estos tiempos, sigue ocurriendo. Y mucho.

Dos a uno terminó la primera parte.

Los cambios de campo se hacían rápido: el tiempo del recreo era escaso y no valía demorarse. Algunos bebían un poco de agua en la fuente del rincón del patio; otros daban mordiscos rápidos a los bocatas traídos de casa.

El partido estaba calentito. La gente en los laterales animaba con «olés» y gritos desmesurados. El ambiente era de final de Champions, y los jugadores lo notaban, iban al doscientos por cien.

Los porteros estaban teniendo trabajo.

Quedaba muy poco para que sonara el famoso timbre que ponía fin a todos los quehaceres del patio y, sobre todo, al partido.

El balón llegó al centro del campo, en posesión clara y de espaldas para Román. Este se dio la vuelta rápidamente y se encontró de frente a Javi. Ningún duelo en la Francia del siglo XVII tuvo más tensión: los dos mejores jugadores del colegio, frente a frente. Se mascaba la tragedia.

Javi era de esos que, o pasaba el balón o pasaba al jugador. Pero los dos, ni de coña. De eso, el pobre Román no tenía ni idea.

La ignorancia es atrevida, y lo que hizo el niño argentino rozaba la insensatez. Se acomodó el balón a la pierna izquierda después del giro estratosférico que hizo, encaró a Javi, pisó la bola para pasarla al pie derecho. Este se unió al esférico como pegado con Loctite, adelantó la pierna en diagonal hasta que el mediocampista abrió las piernas para cubrir más hueco y, en ese momento, Román lo vio: el hueco. Soltó el balón con sutileza y se lo pasó a Javi entre las piernas.

Se oyó un «¡oh!» contenido en las líneas del campo de asfalto, convertidas en graderíos improvisados.

Román se hizo el autopase con cañito incluido, y a Javi se le tornó la cara de un rojo más intenso que las peores llamas del infierno.

Se dio la vuelta como un verdadero demonio, y solo veía un objetivo en su vida: la pierna de Román.

Corrió como un loco y, antes de que el delantero argentino disparara a puerta, soltó una patada por detrás, a la altura de la rodilla, que se oyó hasta fuera del colegio. El niño cayó al borde del área, gritando de dolor. Gritos que dolían hasta al público. Javi se paró delante de él, mirándolo con tanto odio que no le cabía ni un poco de perdón para tal afrenta infantil. Ni pestañeó. Solo apartó la mirada después de escupirle en la cara. Y le lanzó una última mirada que helaba los corazones.

El público, que se arremolinaba alrededor del niño agraviado, se apartaba al paso de Javi, camino a su clase. Todos evitaban su mirada. Daba miedo. De verdad.

Las afrentas se pagan, y esta se pagó con la banda sonora de los gritos de dolor de un niño que solo quería jugar al fútbol.

El daño al honor tiene un precio.

Y alguien iba a empezar a pagarlo.

30

Roberto fue creciendo al mismo tiempo que la infección que devoraba la relación con su padre.

Entre ellos había algo mucho más oscuro que el odio. Y lo sabían los dos.

Algo que, con los años, empezaría a resquebrajar aquello que debería ser sólido.

La que sufría en silencio era la madre.

María nunca imaginó que un hijo pudiera traer tanta desgracia a su vida.

Cuando Roberto nació, el centro de la casa cambió de lugar. Y Fran no era un hombre dispuesto a dejar de ocuparlo.

Con el tiempo terminó creyéndolo.

No fue una idea repentina. Fran la fue sembrando con paciencia. Una frase hoy, otra mañana. Siempre el mismo reproche.

—Todo esto es culpa tuya y del puto crío. Con lo a gusto que estábamos los dos solos.

Lo decía muchas noches, apoyado en el marco de la puerta de la cocina mientras María fregaba los platos.

Roberto, desde el pasillo, escuchaba sin hacer ruido.

La escena se repitió tantas veces que terminó formando parte de la vida de la casa.

Qué fácil resulta echar la culpa a los demás.

Si la responsabilidad es tuya, la mía desaparece; y si desaparece, yo soy inocente.

Así que Fran culpaba a María. María culpaba a Roberto. Y Roberto... Roberto culpaba a todo lo que encontraba delante.

El niño lo percibía.

Quizá no comprendiera todas las palabras, pero captaba el tono, las miradas, los silencios. Esas cosas se le quedaban grabadas.

Con el tiempo empezó a comprender algo que al principio solo intuía.

Él sobraba.

Las cosas comenzaron de forma casi imperceptible.

En casa empezó a contestar mal a su madre.

En el colegio empujó a un compañero porque le quitó el balón.

Y un día, después de discutir con el profesor, tiró una silla en mitad de la clase.

Nadie le dio demasiada importancia.

Al principio parecía solo un mal gesto. Nada más.

Así empiezan las grietas.

Primero una línea fina que apenas se ve. Luego otra

que empieza a abrirse. Y cuando alguien quiere darse cuenta, la pared ya no es la misma.

Después llegaron los gritos.

—¡Déjame en paz!

Una noche tiró un vaso contra la pared de la cocina.

El cristal estalló contra los azulejos.

María se quedó mirando los trozos en el suelo.

Roberto tampoco dijo nada.

A partir de ahí todo fue más rápido.

Los insultos. Los empujones.

Y un día, por primera vez, los golpes.

La violencia tiene algo especialmente peligroso: no aparece de repente.

Empieza con pequeños gestos. Una palabra fuera de lugar. Una mirada demasiado larga.

Poco a poco uno se acostumbra a convivir con ella.

Y cuando eso ocurre, cuando deja de parecer algo excepcional, ya es demasiado tarde.

Durante quince años fue tomando forma la personalidad de Roberto.

Año tras año. Gesto tras gesto.

Hasta que llegó el día en que aquella fisura, convertida ya en grieta, terminó derribando el muro.

31

Quedaba solo un minuto para el último tañido de campana. Sesenta segundos para el final del combate. La contienda no podía estar más disputada: un primer asalto igualado, un segundo en el que un peleador había caído, y un tercero donde el otro había besado la lona.

Sin embargo, había una gran diferencia en el estado físico de ambos: Necko estaba frito.

Un minuto puede ser muy largo en un *ring*; puede ser eterno. Cuando las fuerzas te fallan y tienes a un rival enfrente con un único deseo, mandarte a dormir, solo te queda apretar los dientes y aguantar como puedas o hincar la rodilla y que termine el tormento.

Para Necko, la duda ofendía. Moriría en ese cuadrilátero. Rendirse no era una opción.

Ardi lo observaba desde abajo del *ring*, en contrapicado; lo sabía. Cola de Lagartija, en cambio, no lo tenía tan claro. Había visto muchos boxeadores abandonar la pelea al primer golpe serio, otros que, por orgullo, se levantaban y disimulaban, pero el baño de realidad llegaba con el siguiente impacto. De los que se caen, se levantan y siguen peleando, muy pocos lo logran.

El árbitro separó a los boxeadores tras la cuenta de protección. Misho se había acercado demasiado en un intento por rematar la faena antes de que Necko pudiera recuperarse. De un empujón, el colegiado apartó a ambos contendientes, y Necko casi se desploma; no estaba para muchos desequilibrios.

Al oír el «box» del árbitro, Misho salió disparado en busca de su presa.

Desde la esquina de Necko se oían gritos que resonaban en Plasencia. Cola seguía siendo muy nervioso, hacía honor a su apodo y la situación no era para menos. Ardi, en cambio, permanecía tranquilo, sereno, confiado.

—¡Agárrate, no te pegues con él! —se desgañitaba Cola.

—¡Muévete, joder, no te pares! —seguía, sin ningún resultado.

Necko se quedó plantado, firme, o al menos eso creía él, con las manos abajo, mirando desafiante a su rival.

—¡Sube las manos, gilipollas! —bramaba el desesperado entrenador principal.

Los golpes de poder se caracterizan por ejecutarse con la mano buena. En el caso de Misho, siendo diestro, golpearía con su mano atrasada.

Y así venía, embalado hacia Necko, con la mano

preparada para lanzar un golpe con toda su fuerza. Necko seguía mirándolo fijamente, con las manos abajo.

Se esperaba lo peor. La gente pensaba que el púgil, que hacía apenas unos instantes había sido noqueado, se había quedado trastornado, y no era para menos.

Misho alcanzó a Necko, se cuadró sin perder el impulso y soltó el mejor *crochet* de su repertorio. El gancho horizontal es, según algunos estudios biomecánicos, el puñetazo más potente si se ejecuta a la perfección. Es un golpe en el que, si todas las líneas de fuerza se alinean, se crea una cadena cinética potentísima. Y eso era lo que Misho quería dar, una hostia bien dada que acabara con Necko.

Pero las prisas no son buenas, y en boxeo, menos. Cuando te lanzas con tanta aceleración y tu sapiencia pugilística no es grande, es probable que el golpe no sea perfecto. Esa imperfección puede llevar a que el golpe no sea lo suficientemente potente o que se vea venir de lejos. Esto último fue lo que ocurrió, y eso que Necko no estaba en condiciones de ver muchas cosas después de la caída anterior.

Ante el puñetazo con todo de Misho, Necko hizo un pequeño ballesteo hacia atrás; este movimiento, conocido en boxeo como caballito o ballesta, es un desplazamiento de cabeza hacia atrás, mientras las piernas permanecen quietas, una pequeña gestión del peso hacia la pierna atrasada.

El golpe pasó a un centímetro de la mandíbula de Necko. Pasó con tanta fuerza que los nudillos cortaron el aire. Al no detenerse, Misho siguió el camino del golpe, girando ciento ochenta grados y cayendo al suelo.

Se oyó una carcajada en el graderío del *coliseum* madridista. Para algunos fue cómico, pero para otros fue milagroso.

En la esquina de Necko, a Cola y a Ardi se les escapó un suspiro mientras miraban al cielo. Entre la arrancada del boxeador contrario, el golpe fallido, la media vuelta, la caída, el levantarse, la limpieza de guantes por parte del árbitro y la colocación de los boxeadores, pasaron treinta segundos. Medio minuto que salvó la vida del púgil.

Alguien bien preparado tiene, sobre todo y por encima de todas las cosas, la capacidad de recuperarse antes que alguien que no lo está. Puede haber gente más fuerte o con más talento innato, pero la preparación física en boxeo es básica. El talento sin esfuerzo no vale nada; el esfuerzo sin talento lo es todo, y si tienes las dos cosas, eres la bomba.

Y no había nadie mejor preparado que Necko. Sus habilidades pugilísticas no eran brillantes, llevaba poco tiempo entrenando, pero físicamente era un toro. Había entrenado como nadie.

Quedaban treinta segundos del combate de su vida, y volvió. No solo volvió para estar en pie, sino para seguir peleando.

32

El pobre niño estaba tirado en medio del patio, solloza-
ba y se agarraba la pierna golpeada con saña.
El silencio en la cancha de fútbol sala lo rompían los
quejidos de Román. Los críos estaban congelados ante
la patada por detrás que, sin ninguna intención de tocar
el balón, Javi le había dado a su rival.
Ninguno de los niños movió ni un pelo hasta que el
agresor cruzó la puerta que daba a las aulas.
Javi daba pavor, ni una mueca de arrepentimiento,
ni un gesto de pedir perdón. Nada. Nada era lo que reflejaba su cara, ninguna empatía.
Algún profesor se acercó ante el tumulto silencioso
que se había creado alrededor del chaval tirado en el suelo.
Lo levantaron como pudieron, porque el dolor que
sentía Román cada vez que lo movían era proporcional
a los gritos que daba.

Se lo llevaron a la enfermería entre dos profesores, y el jefe de estudios, que había llegado en cuanto se olió algo sospechoso, preguntó:

—¿Quién ha sido el culpable?

Se hizo un silencio cómplice, más mudo si cabe que el anterior.

A ver quién era el valiente que decía algo; no es que le tuvieran miedo a Javi cuando se enfadaba, le tenían auténtico terror.

El jefe de estudios volvió a preguntar, alzando un poco más la voz:

—¿Quién le ha dado la patada al chico?

Ahora los niños empezaban a mirar hacia otro lado, y algunos se retrasaban en sus posiciones, como buscando una vía de escape.

Que hubiera habido una patada más fuerte que otra en un partido de patio de colegio no era nada anormal. Eso pasaba todos los días, unas cuantas veces.

Lo raro de todo esto fue el corrillo que se formó alrededor del agraviado y, por encima de todas las cosas, las caras de pánico de aquel público menudo.

Había miedo en sus rostros, como si hubieran visto algo más que crueldad.

Esos niños sabían en su interior que aquello no acabaría allí; que se acababa de abrir la puerta del infierno, y los demonios estaban a punto de salir.

33

En casa ya nadie hablaba demasiado.

María procuraba moverse con cuidado. Había aprendido que cualquier gesto podía encenderlo todo.

A veces bastaba con cruzarse con Roberto en el pasillo.

Si pasaba demasiado cerca, él le clavaba la rodilla en el muslo sin previo aviso.

Era un gesto rápido, casi automático. Como si formara parte de la convivencia.

María intentaba mantener distancia. Pero en un espacio pequeño eso no siempre era posible.

Los moratones empezaron aparecer poco a poco. Primero uno, luego otro.

Con el tiempo sus muslos se llenaron de manchas oscuras que ya no desaparecían del todo.

Entre los golpes de su marido y los de su hijo, su piel empezó a acostumbrarse a las marcas.

María nunca decía nada. Había aprendido a no hacerlo.

Sabía que, si Fran llegaba a enterarse, el choque entre padre e hijo sería inevitable. Y aun así el silencio no protegía de nada. Solo aplazaba lo que tarde o temprano acabaría ocurriendo.

Aquella noche, mientras se cambiaba de ropa, Fran lo vio.

Se quedó quieto, mirando las sombras en sus muslos como si fueran algo ajeno a todo aquello, como si acabaran de aparecer delante de sus ojos por primera vez.

—¿Qué coño es eso?

Lo preguntó con brusquedad, sin apartar la mirada.

—Nada, cariño... últimamente me caigo bastante.

—En los dos lados.

María tragó saliva.

Fran era un borracho medio cocainómano, pero no era gilipollas.

—Esos son golpes. No me toques los cojones.

—Que no, que no...

—No me mientas o te rompo la cabeza.

María supo que tenía que decir algo. Algo mínimamente creíble. Algo que cerrara el asunto antes de que se abriera del todo.

Y empezó a improvisar.

Dijo que a veces se ponía a jugar con Roberto, que se daban en los muslos como una broma, que su hijo no medía la fuerza y que ella tenía la piel muy sensible.

Lo soltó deprisa, como si la velocidad pudiera convertir la mentira en verdad.

Fran la escuchó en silencio.

Cuanto más hablaba María, más se le endurecía la cara.

Lo comprendió antes de que ella terminara.

El mierda de su hijo estaba pegando a su mujer.

Y a su mujer solo le pegaba él.

Fran salió de la habitación.

El pasillo estaba en penumbra. Sus pasos retumbaron contra el suelo mientras avanzaba hacia el cuarto de Roberto.

Empujó con fuerza.

El portazo hizo temblar la pared.

Roberto se incorporó sobresaltado, todavía con el cuerpo a medio camino entre el sueño y la alerta. Alzó la vista y lo vio allí, en el marco.

Fran tenía los ojos encendidos.

No hizo falta decir nada.

Aquello no iba a acabar bien.

Ambos lo tenían claro.

34

Treinta segundos para el final del combate. Medio minuto en el que Necko debería aguantar y responder si quería sobrevivir, y si lo hacía bien, podría ganar.

Eso era muy de Cola y sus frasecitas apoyándose en refranes y aforismos. El jefe del gimnasio donde entrenaba Necko casi siempre terminaba sus discursos pugilísticos con una reflexión o una frase contundente.

Un día Necko le preguntó a Cola; que conste que entre ellos no había mucha conversación, pero con la educación que merece alguien que pregunta... planteó tal cuestión peliaguda:

—Señor Cola, ¿en un *ring* qué hay que hacer para sobrevivir?

—Responder, chavalote, siempre responder.

Contestó el entrenador rotundamente.

—¿Y quién es el que gana?

Incidía Necko en las cuestiones.

—El que sabe todas las respuestas.

Se quedó el chaval como reflexionando y Cola remató la respuesta.

—Y ahora te preguntas cómo conseguir todas esas respuestas, muy fácil: formándote, ¿y cómo nos formamos en boxeo? Entrenando. Así que deja de tocar los cojones y ponte a entrenar, que te va a hacer falta.

Necko quiso acercarse de alguna manera al que mandaba de verdad, pues su relación no era muy fluida, y salió un poco trasquilado.

Cola era muy suyo y con Necko no hacía buenas migas, le dejaba todo el peso del entrenamiento a Ardi, como que no le apetecía estar ni un minuto cerca de él.

Pero si Cola hubiera podido, se habría subido al entarimado para sostener a Necko los treinta segundos que le faltaban para terminar el asalto.

Cola y Ardi estaban de pie con las manos apoyadas en la lona; eso está prohibido, los entrenadores tienen que estar sentados y calladitos en sus sillas desde el famoso «segundos fuera» del árbitro al terminar el minuto de descanso, hasta el tañido de campana que marca el final de cada *round*; prueba irrefutable de que los nervios estaban a flor de piel.

Allí, en esa esquina, ni lo uno, ni lo otro, ni sentados, ni callados, los dos entrenadores de Necko estaban levantados, gritaban y hacían mil aspavientos.

Ardi, que parecía tranquilo hasta ese momento, se dejó contagiar por la efusividad de su jefe, por algo le llamaban Cola de Lagartija, y ese día iba a hacer honor a su mote.

—¡Las manos arriba, las manos arriba!

Cola gritaba.

—¡Ponte serio, Necko, ponte serio, que lo tienes!

No se sabe qué quería decir Ardi con eso de que «lo tienes», pero Necko en ese mismo momento reaccionó. Miró a la esquina, se le dibujó una media sonrisa y se cuadró, que es cuando el boxeador se pone en guardia adelantando la pierna y flexionando esta y la de atrás para coger una posición de fuerza, válida para pegar más fuerte y sobre todo aguantar mejor los golpes.

Quedaba poco tiempo, y algo borró las dudas, la situación de Necko indicaba que iba a vender cara su presunta derrota. Había combate y no iba a ser ningún camino de rosas para los dos púgiles.

35

Después de recorrer el camino hacia la clase, donde todos sus compañeros y profesores se apartaban a su paso, Javi tuvo que hacer una visita al despacho del director.

Este sabía perfectamente lo que había ocurrido, pero al no contar con ningún testigo que lo confirmara, se le hacía difícil imponer un castigo.

Javi no respondió a ninguna de las preguntas. Fue más bien un monólogo disfrazado de interrogatorio:

—¿Qué has hecho, Javier?

—...

—¿Le diste la patada a propósito?

—...

—¿Te había hecho algo Román anteriormente?

—...

—¿Te pasa algo?

Así estuvo un buen rato, sin obtener ni una sola respuesta. Javi tenía claro que no iba a colaborar.

El director, impotente, lo mandó de vuelta a clase y no pudo imponerle ningún castigo.

El silencio en el colegio fue absoluto. Nadie habló. Nadie se fue de la lengua.

Después de aquel partido en el patio del colegio, todo empezó a cambiar. Román, en esos pocos meses en la escuela, había logrado integrarse en la clase; entre sus dotes futbolísticas y su acento porteño, que hacía gracia a la chavalería, fue calando poco a poco.

Sin embargo, a partir de ese día, la mayoría de los chicos no lo miraban igual. Román era sensible y notaba todo eso al instante. La empatía a veces no es tan buena como dicen algunos. Esta capacidad de comprender y compartir los sentimientos de los demás, y los propios, puede llegar a doler mucho.

En algunas ocasiones, no tener mucha capacidad de empatizar con lo que sienten los demás nos ahorra muchos dolores de cabeza, especialmente cuando las emociones de quienes nos rodean son negativas hacia nosotros. Román se dio cuenta desde el día siguiente al altercado: los chicos lo miraban, pero solo para saber dónde estaba y así evitar acercarse a él.

Notaba un miedo en las miradas de sus compañeros que le helaba la sangre. ¿Qué había pasado? ¿Qué había hecho él? ¿Por qué no querían acercársele? Muy pronto encontraría las respuestas, mientras tanto, el camino del sufrimiento comenzaba en esa cabecita de nueve años.

Los chicos lo esquivaban en el pasillo, en el patio, en

la calle... Al principio, Román no se lo tomó muy en serio; todavía no conocía las costumbres españolas y pensó que podían ser cosas de críos. De hecho, se lo comentó a su madre, quien tampoco le dio importancia.

—No me seas boludo, son cosas de críos. En unos días se les pasará.

Pero Román pensaba qué era lo que «en unos días se les pasará», si él no había hecho nada malo.

«Son cosas de críos», «son cosas de críos», «son cosas de críos»..., maldita frase que ha hecho, hace y hará sufrir a muchos niños.

36

Javi abrió los ojos. Arriba, en la litera, el techo estaba demasiado cerca.

La habitación olía a cerrado, a sábanas usadas y a miedo.

Su padre ocupaba la entrada.

No entraba del todo. No hacía falta. Bastaba con la sombra en el hueco y esa forma de quedarse quieto, como si el aire fuese suyo.

Abajo, Roberto estaba en pie junto a la cama, con la espalda tensa.

Javi apretó el borde del colchón con los dedos. Notaba el latido en la garganta. Quiso llamar a su madre. Quiso decir el nombre de su hermano.

No le salió nada.

—¡Te voy a matar, hijo de la gran puta! —rugió Fran.

La voz llenó la habitación.

—¡Tú me vas a comer la polla! —escupió Roberto.

Javi cerró los ojos un instante, como si así pudiera borrarlo. Cuando los abrió, todo seguía ahí.

Fran avanzó con el puño levantado.

Roberto se lanzó hacia él.

El golpe no llegó a darse.

Roberto chocó contra sus piernas, lo abrazó por abajo y lo empujó hacia atrás. Todo ocurrió sin espacio, sin distancia, como si pelearan dentro de una caja.

La litera crujió.

La mesilla se desplazó un poco al recibir el peso de los cuerpos.

La cara de Fran giró hacia un lado.

La esquina de la madera le abrió la frente.

Madera contra carne.

Silencio.

Luego apareció el rojo.

Primero una línea fina que bajó por la ceja.

Después empezó a cubrirle la cara.

Le pasó por la nariz, por la boca, por la barbilla.

Cayó al suelo.

Una gota.

Otra.

Roberto se apartó un paso.

Fran quedó tendido de lado, con un brazo torcido bajo el cuerpo. Los ojos abiertos, fijos en ningún sitio.

No se movía.

La mancha oscura empezó pequeña y fue creciendo despacio sobre las baldosas.

Javi seguía arriba.

Sin moverse.

Tenía la boca abierta.

El aire entraba a trompicones.

No salía ningún sonido.

Roberto miró el suelo.

Luego a Fran.

Después levantó la vista.

Javi sintió esa mirada como si lo hubieran señalado.

Roberto estaba pálido. La mandíbula apretada. Los ojos encendidos de una forma distinta.

Más fría.

Javi quiso decir algo.

«Roberto.»

«No.»

«Mamá.»

Pero la voz no apareció.

Roberto cogió la cazadora del respaldo de la silla.

Se la echó por encima sin pensar.

Antes de salir volvió a mirar hacia la litera.

La mirada duró un segundo.

Fue una disculpa.

Y también otra cosa.

Un aviso.

Un «aguanta».

Un «ten cuidado».

Luego desapareció.

Sin volver a mirar ni siquiera a su madre, que paralizada seguía llorando en la habitación donde las marcas encendieron la última mecha.

Un portazo descomunal desencajó la puerta de salida al descansillo.

El estruendo desbloqueó a María, que corriendo llegó a la minúscula habitación de sus hijos.

Se quedó clavada justo antes de entrar.

La mancha en el suelo.

El cuerpo de su marido.

Los ojos abiertos.

—¡Fran...!

Se arrodilló a su lado con las manos temblorosas.

—¡Dios mío...!

Le tocó la cara, el cuello, sin saber muy bien dónde buscar.

Entonces miró hacia arriba.

—Javi... cariño...

Pero Javi no contestó.

María salió y volvió con el teléfono en la mano, hablando deprisa, repitiendo la dirección, tropezando con las palabras.

La ambulancia llegó poco después.

O quizá tardó más.

Para Javi el tiempo se había quedado raro.

Los sanitarios entraron rápido, con guantes y una camilla que apenas cabía en el pasillo. Se agacharon junto al cuerpo.

Uno de ellos salió al pasillo.

Javi oyó una palabra.

Policía.

Luego llegaron.

Dos agentes.

Preguntas.

Papeles.

Luces recorriendo la habitación.

María hablaba.

Paraba.

Volvía a hablar.

A veces lloraba.

A veces su voz se volvía dura.

Javi no entendía lo que decía.

Solo veía la mancha oscura en el suelo.

La esquina de la mesilla.

El hueco vacío bajo la litera.

El lugar donde Roberto había estado.

Al final, entre frases rotas y versiones que no encajaban, una palabra empezó a repetirse.

Roberto.

Que se había ido.

Que no sabían dónde.

Que había sido una pelea.

Que había sido un accidente.

Javi siguió sin decir nada.

Nadie se lo pidió de verdad.

Y aunque se lo hubieran pedido, no habría podido.

Esa noche no durmió.

Se quedó mirando la oscuridad.

Escuchando un pasillo que ya no tenía pasos.

Al día siguiente seguía sin hablar.

Pero dentro de él algo sí habló.

Una promesa pequeña.

Dura.

Nunca más.
Nunca más quedarse quieto.
Nunca más mirar sin hacer nada.
Nunca más paralizarse.
Y vaya si la cumpliría.

37

Los dos boxeadores estaban agotados, de los golpes lanzados, de los recibidos, de los nervios, de la tensión... Solo podía quedar uno en pie.

Matar o morir; en esos instantes finales, el púgil pierde la conciencia de que este deporte es realmente peligroso. Las cartas están sobre la mesa, es un *all in*: todo el trabajo realizado, el sudor derramado, todas las cuentas pendientes con uno mismo.

En esos momentos finales, un boxeador exhausto no pelea contra nadie más, sino contra sí mismo, contra su dolor y su capacidad de aguantarlo.

Estos dos boxeadores eran «uno de su padre y otro de su madre», como se dice de las personas que no tienen nada que ver una con otra, pero que se encuentran, en un momento dado, en el mismo lugar y en el mismo tiempo.

Cada uno con sus ángeles y sus demonios, aunque en esa brava tarima en medio del Santiago Bernabéu, los lados oscuros de Necko eran más que evidentes. Los púgiles pusieron todo desde el principio, toda la carne en el asador. En algunos países, el boxeo se practica por hambre, en busca de una vida mejor, para salir de la pobreza. En otros, por la gloria, y en algunos casos, por necesidad. Pero no una necesidad económica, sino una vital, y de esto iba lo que ocurría en Necko.

Cualquiera de los motivos que te llevan a subir al entarimado es válido: dar de comer a los tuyos está de sobra justificado, pero practicar un deporte en su máxima expresión y que te regule emocionalmente, también.

La gente siempre necesita objetivos para andar recto por los senderos; a falta de estos, es cuando aparecen las curvas. Los caminos sinuosos traen muchos peligros, sobre todo a la juventud que aún no tiene un camino claro en mente.

Necko encontró el boxeo por casualidad, a una edad avanzada para hacer carrera, pero la oportunidad que le había dado la providencia no la iba a desaprovechar.

Meses de aprendizaje, sufrimiento, y de aguantar las clases de Ardi hasta la extenuación, además de soportar las miradas despectivas de Cola. El jefe de entrenadores lo fulminaba con la mirada; parecía que le molestaba, que su presencia le resultaba incómoda.

—No le des importancia, es un viejo cascarrabias. Un tío de ley antigua —le tranquilizaba Ardi asiduamente.

—Yo no le he hecho nada, míster, no sé por qué me tiene manía —le decía Necko.

—Que no te preocupes, son cosas de la madurez —insistía el bueno de Ardi.

Ahora, sin embargo, ese señor mayor que no le hacía ni caso en el gimnasio estaba en la esquina, deseando ponerse en su lugar.

En boxeo se dice que un combate te cambia la vida, y el pleito que estaba ocurriendo aquella noche iba a cambiar la vida de muchos.

Necko, tras el golpe recibido, estaba como *groggy*. Oía al público como un burdo rumor y a sus entrenadores como voces de ultratumba. Estaba en medio de una marejada, pero por dentro reinaba una extraña serenidad, como si el golpe lo hubiera transportado más allá de lo circundante.

Dicen que la verdadera calma es mantenerse en paz en mitad de la tempestad, pero Necko y Misho estaban librando su particular tercera guerra mundial.

Necko respiraba con dificultad y su visión era borrosa, pero en su interior brillaba una claridad insólita. Repasaba cada momento que lo había llevado hasta el cuadrilátero en medio de un campo de fútbol.

Las imágenes del pasado se adueñaron de su mente y, como por arte de magia, dejó de estar en el *ring*...

38

Algunos le apartaban la mirada y otros le observaban con desprecio, pero si tenía que elegir entre una cosa y la otra, siempre prefería la segunda. Si no te miran, no existes; y si no existes, solo queda el vacío.

Así se sentía Román a las pocas semanas del incidente futbolístico con Javi. Poco a poco, los demás le fueron quitando la palabra; ya no contaban con él para nada. Si se apuntaba a jugar al fútbol, como por arte de magia, a todos se les iban las ganas de tocar el balón.

El pequeño grupo de compañeros que le había acogido al llegar al colegio comenzó a desintegrarse. Cada uno fue encontrando su propio grupo en clase o en el patio. Ese grupo había quedado maldito, y su destino era desmoronarse.

Román empezó a sentirse solo, triste; se refugiaba en los libros, en las clases, sin desear que sonara el timbre del recreo. No quería volver a sentirse aislado, desolado.

Cada vez que llegaban la media hora de recreo o las dos horas de comedor, el mundo se le caía encima. Salir de su clase era como entrar en un planeta donde era invisible; solo deseaba que, en algún momento, alguien lo mirara, aunque fuera de mala manera. Eso significaría que existía, que era parte de algo, que no estaba ahí solo como decoración, que estaba vivo, que la invisibilidad no era un poder que atesoraba.

Poco a poco se rompía por dentro; su alma se desgarraba en pequeños jirones. Un niño tan pequeño, con tantas ganas de vivir y de ser feliz, se apagaba como una vela al viento.

39

Tres días tardó la policía en localizar a Roberto; setenta y dos horas de busca y captura que acabaron con una detención en un garito de mala muerte en Benidorm.

Roberto tenía un póster en la habitación que compartía con Javi. Era un amante de los colores glaucos que ofrece el océano. Pasaba horas mirando la lámina clavada con chinchetas en la pared y soñaba que estaba allí, en la orilla, con la brisa acariciando su rostro.

A veces, Javi, en su ingenuidad, le preguntaba:

—¿Qué sientes, Robert?

—La paz que da el mar, hermanito, la paz —respondía pausadamente el hermano mayor.

En esos momentos de marejada mental, Roberto siempre buscaba su rincón marítimo en la pequeña habitación con literas, en un Carabanchel bastante alejado del mar. Si su padre buscaba refugio en el alcohol, él, cuando se alteraba, buscaba el romper las olas.

Así que no fue difícil imaginar dónde se escondería al huir de la policía. Con tan solo dieciséis años, Roberto ya había tenido varios momentos de tensión envueltos en peligro, pero nunca un intento de parricidio.

Porque esa fue la denuncia: intento de homicidio paterno. Cuando los agentes llegaron a la casa, Fran había recuperado la conciencia, pero seguía aturdido. La habitación de Javi y Roberto era el escenario de una batalla campal; el padre había sangrado profusamente por la brecha en la cabeza que se hizo al impactar con la mesilla de noche.

Entre el odio hacia su hijo y la confusión tras el golpe, la declaración de Fran a las autoridades fue un desastre. La denuncia, interpuesta sin reparos, reflejó como causa el intento de asesinato. Fran solo alcanzó a decir que, antes del enfrentamiento físico, hubo uno dialéctico en el que su hijo mayor le soltó:

—Te voy a matar.

Roberto sería juzgado bajo la Ley del Menor, pero enfrentaría una imputación por tentativa de homicidio. Su padre, con su odio y estupidez, marcó la vida de su hijo para siempre. Otra muesca en la pistola de vicio y perversión que representaba la paternidad de esos dos críos.

A Roberto lo trajeron de vuelta a Madrid después de una detención fácil. Eran las cuatro de la madrugada y su cuerpo llevaba un cóctel de alcohol y de drogas que ya hubiera querido para sí su padre. Cuando vio a la Guardia Civil entrar en el pub cochambroso del Rincón de Loix, en la playa Este de Benidorm, intentó salir por la puerta de atrás que estaba considerada de emergencia, no por un posible escape en caso de incendio, sino porque la gente la abría para meterse un tiro de farlopa abrigados en la oscuridad del callejón donde desembocaba, o para echar una meada rápida cuando el baño estaba ocupado.

Intentó salir al *sprint*, con la mala suerte de tropezarse con unas cajas en forma de mesilla donde los viciosos nocturnos se agachaban para esnifar. El golpe que se dio al caer le dejó más anestesiado de lo que estaba y los dos agentes de la autoridad que lo engrilletaron no tuvieron que hacer mayor esfuerzo.

Ya en Madrid lo juzgaron y condenaron. La Ley Orgánica de Responsabilidad Penal del Menor, en su vertiente más severa, dictaminó a través del juez que Roberto pasaría cinco años de internamiento en régimen cerrado.

Cumpliría los dieciocho años internado; dependiendo de su comportamiento, podría salir o ingresar en prisión con los adultos.

Había marcado su vida para siempre y su padre le había echado una mano en ello.

40

Necko entró por primera vez a un gimnasio de boxeo en el barrio Lucero. «La Escuela» era un pequeño planeta dentro de un garaje.

No le pillaba muy cerca; él vivía en Las Rozas, a las afueras de Madrid. Un colega se lo había recomendado. Lo que realmente le llamó la atención fue que estuviera tan cerca de su antiguo barrio. Durante un tiempo había vivido cerca de allí, a un par de kilómetros. Una de sus primeras casas estaba a un tiro de piedra del club de boxeo donde fue a preguntar si podían acogerlo.

Aquel día estaba un poco nervioso. Su amigo le comentó que el gimnasio abría todos los días por la tarde, así que cogió su coche y emprendió el camino por la carretera del Escorial. Vivía en un chalet individual en una de las últimas urbanizaciones antes de llegar al río Guadarrama. Le gustaba la tranquilidad del campo, aunque no solía salir de casa, pues su trabajo no se lo permitía. Disfrutaba ver el verde de la naturaleza por la ventana y escuchar el sonido del río por la noche.

Estaba a treinta kilómetros de Madrid. Al regresar de la ciudad, era como trasladarse a otra dimensión. Había vivido en muchos sitios, pero el campo siempre había estado presente. Para él, tener un lugar donde pasear o correr era imprescindible. Necesitaba aire limpio para compensar el tiempo que pasaba encerrado en una habitación.

La Escuela fue fundada por un exboxeador de Carabanchel llamado Fernando. La creó después de retirarse de sus pugnas pugilísticas, y no solo se ocupaba de enseñar a sus alumnos a lanzar el directo de izquierda o la esquiva rotativa. Iba más allá: enseñaba la vida, con sus luces y, sobre todo, con sus sombras.

Cuando la gente le preguntaba: «¿Qué prefieres, campeones o niños educados?», Fernando respondía con firmeza: «Siempre querré deportistas educados, porque con un joven educado siempre será más fácil formar un campeón del mundo».

Así que Necko aparcó su coche en batería en la misma calle donde estaba el gimnasio. Era una calle sin salida, a la que se accedía a través de una cuesta a la derecha que se encontraba inmediatamente al salir del túnel. El acceso estaba bordeado de arbustos y árboles, y culminaba en una puerta de metal negra con una boxeadora pintada y una frase contundente: «El boxeo es vida, vive duro».

Tuvo que frenar bruscamente porque, en medio de

la calzada, había un grupo de cinco jóvenes saltando a la cuerda. Se había quedado tan abstraído leyendo la frase de la puerta que casi atropella a los pequeños aprendices de boxeadores que calentaban sobre el asfalto.

Empezaba a darse cuenta de que estaba en otro mundo, uno que no tenía nada que ver con las urbanizaciones de Las Rozas; ni mejor ni peor, solo diferente. Entre el ruido de las combas chocando contra el pavimento, el sonido de los coches que venía de la carretera de Extremadura y el olor a barrio —porque los barrios huelen—, sabía que había llegado a su destino.

Entrar por aquella puerta, de la que salía un hilo musical de rap patrio, con Natos y Waor, le iba a cambiar la vida para siempre.

41

Román sentía que el vacío que notaba era como un puñetazo en el estómago; el silencio de las personas que
revolotean a su alrededor era abrumador. Un grito callado le dolía más que uno al oído. Necesitaba ser parte
de algo, ser un trozo de una tarta; y como no lo era, la-
mentaba ser un barco a la deriva.

Quería ser más fuerte para soportar que le ignora-
ran; necesitaba muchas herramientas, muchas armas
para defenderse de un ataque que no sabía por dónde le
venía. Pero un niño, por mucho que haya vivido, tenía
pocas defensas ante un rival tan duro.

Iban pasando los días y ninguno de sus compañeros le
hacía caso; ni siquiera lo miraban a la cara. Cuando quedaban para jugar después de la escuela, jamás contaban con
él, y después de unos cuantos desplantes en el patio, ya ni
intentaba acercarse a la hora del partido en el recreo.

Se quedaba en un rincón medio alejado durante el receso escolar; comenzó a ser invisible para los demás. En casa se encerraba en su habitación y fue construyendo un mundo paralelo entre esas cuatro paredes. Su puerta era la entrada a un lugar donde los pósteres de la selección argentina y su ídolo, Maradona, lo miraban. Para ellos siempre estaba; para ellos jugaba a hacer toques con el balón, a regatear la silla de su mesa de estudio.

Esa misma mesa la separaba para poder pasar el balón controlado y, por el hueco de debajo, hacer caños. Ese maldito caño que le traía por el camino de la amargura. Él todavía no era consciente de que ese mal regate que hizo aquel día lo llevaría al reverso tenebroso de lo más oscuro, todo tan negro hasta ser invisible.

42

Javi no volvió a ver a su hermano; de hecho, al salir por la puerta, fue como si hubiera muerto en la casa. Su padre vació toda la habitación con sus pertenencias, ordenó a Javier que, desde ese momento, él dormiría en la litera de abajo y coronó el exilio arrancando de un tirón el póster de las aguas del mar.

Javi dejó puestas las cuatro chinchetas, que quedaron como único vestigio del océano en la pared. Esas tachuelas eran el único recuerdo que le quedaba de su hermano en el cuarto, colocadas en forma rectangular, cada una de un color y delimitando una zona blanca, amarillenta, de gotelé. Él seguía poniendo pósteres por toda la alcoba, pero siempre dejaba esa zona rectangular sin cubrir, como si fuera una ventana por la que poder salir o, a veces, soñaba que era una puerta secreta para que su hermano volviera a entrar.

Pero nunca volvió.

La orfandad fraternal que sintió fue como una caída al vacío. Había noches en las que le faltaba el aire; su hermano siempre había estado ahí para él.

Se llevaban ocho años, pero eran muy compinches; la diferencia de edad no era un impedimento para que su relación fuera de colegas. Se tenían el uno al otro, y lo demás daba igual. El ser humano tiende al vínculo, y el único que realmente tenían era el suyo; eran su cable a tierra.

Roberto lo protegía y se responsabilizaba de su hermano pequeño: lo llevaba al colegio, lo recogía, lo ayudaba con los deberes y era el último en darle el beso de buenas noches. Su padre, como siempre, ni estaba ni se le esperaba, y la pobre María cada vez se refugiaba más en sí misma. En aquella cocina que era como una cárcel en vida.

Pero el cable se rompió. Uno quedó en un centro de menores, y el otro con un sentimiento de pérdida, llorándole todas las noches.

43

Decían que estudiara, que vistiera formal.
Esto no te va a dar nada, busca un curro normal.
Pero cuando el loco se convirtió en genio,
resultó que todos sabían que lo iba a lograr.

La canción de Natos y Waor resonaba en el garaje, donde los golpes a los sacos marcaban el ritmo de la música. Necko había dejado atrás a los jóvenes que saltaban a la comba en la calle, quienes aún lo miraban mal por casi atropellarlos. Entrar en aquel lugar era como trasladarse a otro universo. Nunca había estado en un gimnasio de boxeo y jamás pensó que algo tan pequeño pudiera tener tanta energía. Esa misma potencia se reflejaba en la voz que superaba el rap y el martilleo constante de los distintos aparatos pugilísticos del gimnasio. Esa voz era la de Ardi, un joven entrenador que marcaba el ritmo para el variado grupo de personajes que golpeaban sin piedad.

Necko se quedó en la puerta, impresionado por el panorama. Adentrarse más era como estar en una trinchera y no atreverse a levantar la cabeza por temor a que se la volaran. Intentaba cruzar una mirada cómplice con Ardi, esperaba que notara su presencia. Entre gritos y órdenes, los golpes aumentaban; era como si la voz de Ardi estuviera vinculada a todos los guantes del gimnasio. Bastaba escuchar su voz para que los aprendices de boxeo enloquecieran.

Yo no pido, me lo gano.
No lo digo, yo lo hago.
Borro todo y lo regrabo.
Te lo robo y lo regalo.
No le puedes poner precio a la calidad,
pero esto sale bien caro.
Elegí no hacerle caso a la sociedad,
y soy un puto bicho raro.

La canción seguía como una antesala de lo que Necko aspiraba a lograr en un futuro cercano, entre aquellos muros cubiertos de carteles de boxeo. Las paredes eran una amalgama de pósteres y fotos, que formaban un curioso puzle. Pero lo peculiar eran los carteles de películas. No solo había de boxeo; también estaban *El padrino*, *El precio del poder*, *Historias del parque*, *El crack*...

«10-9-8-7-6-5-4-3-2-1.» Sonó el reloj digital que presidía la pared más alejada de la puerta.

«¡Diez sentadillas, siete fondos y tres *burpees*!», gritó Ardi en tono marcial.

Mientras los púgiles se agachaban, Ardi vio a Necko. Con un gesto cómplice, levantando la barbilla y guiñándole un ojo, le indicó que esperara, que en breve lo atendería. Necko esperó pacientemente a que terminara la clase: un par de asaltos más de saco, un poco de sombra y unas pocas abdominales.

—Buenas tardes, amigo. ¿Cómo estás? —saludó finalmente Ardi, educado y coloquial, transmitiendo confianza.

—Muy bien, gracias. Estaba interesado en apuntarme.

—Pasa por aquí y te cuento.

Ardi lo guio a través de la sala hasta una especie de ventana con vistas al *ring*, contigua a una oficina pequeña que parecía una pecera.

—Espérame en la «Window of Pain» —indicó el entrenador.

—Perfecto, gracias.

—Es la ventana que duele, amigo; desde aquí os quitamos la pasta. —Y le volvió a guiñar el ojo.

Alrededor de Necko pasaban chicos y chicas empapados en sudor, dirigiéndose a las duchas. Si algo llamó su atención por encima de todo, fue el olor; no solo el aroma a sudor, sino un perfume a trabajo, a esfuerzo físico, a sacrificio.

—Son sesenta euros al mes, y puedes entrenar todos los días. Aquí no hay matrícula ni permanencia; no somos ni Movistar ni Vodafone —soltó Ardi con media sonrisa.

A Necko le sorprendía que Ardi tuviera un sentido

del humor y una educación que no parecían corresponder con su apariencia intimidante.

—¿Puedo venir todos los días? —preguntó el futuro aprendiz de boxeador.

—Solo una hora, y tienes que apuntarte en la aplicación. Si no, esto se nos llena demasiado.

—He visto que tenéis pesas, ¿puedo usarlas?

—Por supuesto. Para eso no necesitas reservar; puedes venir antes o después de boxear.

—Muchas gracias.

—También puedes utilizar la sala de cardio.

—¿Sala de cardio? —preguntó Necko, intrigado, ya que no veía bicicletas, elípticas ni máquinas de remo.

—Tenemos la sala de cardio más grande de Europa.

—¿Dónde? —preguntó Necko, sorprendido.

—Cruzando la carretera, la Casa de Campo —dijo Ardi, soltando una carcajada pícaramente.

Necko empezó a reír también; había caído en la trampa. Ardi le caía bien, y eso era importante, ya que a él no le gustaba el trato directo con las personas. Llevaba años entrenando con profesores *online* porque la presencialidad le daba como alergia.

Sin dudarlo, sacó su tarjeta y declaró rotundamente:

—Me quedo.

Ardi empezó a sacar papeles para que los rellenara y comentó, sonriendo:

—Este es el único gimnasio de Madrid donde os apuntáis solos.

—¿Y este documento? —preguntó, viendo una hoja de Abogados Olivares donde debía firmar.

—Es el papel donde firmas que, si te rompen la cabeza, luego no vengas llorando —dijo Ardi, soltando otra carcajada.

Necko volvió a sonreír; no recordaba la última vez que había sonreído así dos veces seguidas, y mucho menos se imaginaba hacerlo en un gimnasio de boxeo.

44

En la vida todo pasa. Eso fue lo que pensó el pequeño Román. Si era invisible, lo sería tanto para lo bueno como para lo malo.

Si tenía aquel poder, lo dejarían en paz, y vaya si lo hicieron. Se podría decir que no cruzó palabra durante lo que quedaba de curso.

Sin nadie que lo molestara, y por supuesto sin distracciones, sacó las mejores notas de la clase. Sus padres estaban encantados; jamás se imaginaron que su hijo mayor fuera tan estudioso, pero tampoco se imaginaron la razón de serlo.

Esa soledad supo canalizarla; Román era un niño fuerte. Lo había demostrado derramando pocas lágrimas cuando dejó su país y a sus amigos de forma abrupta.

Apoyó a sus padres y a su hermana pequeña sin rechistar en un viaje cuyo destino era incierto. Se arriesgó con ellos a cruzar el charco en busca de una nueva vida, y eso deja marca.

La tristeza inicial, al sentir la indiferencia de todo el colegio, se convirtió en rabia, y esa rabia en energía. Se sumergió en los libros, encontró paz en ellos y logró mitigar el dolor.

En seis meses consiguió matrícula de honor y el inmenso orgullo de unos padres que aún no comprendían del todo lo que pasaba.

La familia argentina había comenzado a rodar. El padre, con su trabajo de albañil, iba viento en popa; aquella era una época dorada para la construcción en España, las casas y los sueldos subían cada vez más.

La madre había conseguido algún papel en el teatro, pero sobre todo se estaba haciendo un hueco como *coach* de interpretación y tenía una buena lista de clientes.

Ambos trabajaban como locos para sacar adelante la casa, a sus hijos y su futuro. Tenían una visión en túnel y solo pensaban en trabajar, pero los túneles a veces llevan a caminos oscuros y solitarios; uno de esos senderos se estaba construyendo en su hogar.

Ante esas notas destacadas, los padres de Román quisieron recompensarlo. Así que le preguntaron:

—¿Qué te apetece de regalo?

—No hace falta que me compréis nada, no tenemos dinero para eso —contestó solemnemente el niño.

—No te preocupes, amor; papá ha recibido la paga de verano y no nos va tan mal ahora —sentenció su madre con cariño.

—Quiero la PlayStation 2.

Eso les pasó por preguntar. No quería, pero sí deseaba, y tenía muchas ganas de jugar. Allí, en su refugio,
donde pasaba su infancia sin salir, entre esas cuatro paredes, se le abriría un mundo nuevo.

Con el rabo entre las piernas, los padres no pudieron decir otra cosa que...

—Claro, cariño, lo que tú quieras.

Y un nuevo universo estaba a punto de abrirse para
ese niño.

45

Los lutos se pasan de distintas formas, y el sentimiento de orfandad que se creó en Javi era tan intenso que lloraría hasta secarse. Un duelo tiene distintas etapas a nivel psicológico, y el niño de pocos años que sufría en esa alcoba en Carabanchel iba a pasar por todas.

La negación. Cada noche, al acostarse solo y no ver el póster del mar en su pared, se decía que aquello no estaba ocurriendo, que era un mal sueño. Se dormiría, y mañana por la mañana el póster estaría allí, su hermano estaría allí, despertándolo con cosquillas, y los dos se reirían para empezar el día.

La ira. Cuando comienzas a aceptar la realidad, empiezas a enfadarte, a culparte a ti mismo, a los demás o al mundo. Te preguntas: «¿Por qué a mí? ¿Qué he hecho para que me pase esto?». Quieres acabar con todo y con todos.

La negociación. Empiezas a negociar contigo mismo y con la vida. Piensas que, si haces esto o aquello, puedes cambiar o variar la situación. Sigues soñando hasta que te das cuenta de que no es un sueño, sino una pesadilla. La depresión. Aparece la tristeza, el hundimiento, el no tener ganas de nada; en definitiva, la desesperación. La aceptación. Empiezas a darte cuenta e interiorizas que la vida sigue a pesar de tu pérdida.

Javi negó, negoció, se deprimió, aceptó, pero, por encima de todas las cosas, se enfadó.

Se enfadó consigo mismo, con sus padres, con el mundo, con la vida...

46

Ardi le dio la ficha donde tenía que escribir su nombre, apellidos, fecha y lugar de nacimiento. Necko se quedó un momento pensativo antes de comenzar a rellenarla. Finalmente lo hizo como tantas veces en sus juegos:

—Necko.

—¡¿Qué coño de nombre es ese?! —protestó Ardi, algo mosqueado.

—Es como me llaman.

—A mí me da igual cómo te llamen, aquí hay que poner tu nombre de verdad. Si en las fichas pusiéramos los motes, no se salvaba ni una inscripción. Hasta la señora de la limpieza tiene apodo.

Ardi le tendió otra ficha, y esta vez Necko empezó a escribir:

—Necko.

—No me toques los huevos, que me caes bien, chaval.

Ardi empezaba a mosquearse. No estaba muy acostumbrado a estas gilipolleces.

—Prefiero que me conozcáis por lo que soy ahora, no por lo que fui.

—No te me pongas profundo, que este es un gimnasio serio.

La cara de Ardi iba cambiando, y no precisamente para bien.

—Te lo pido, por favor... Solo uso este nombre desde hace mucho, muchísimo. Quise borrar mi pasado, y este cambio me ayudó mucho.

Necko no se lo pedía, se lo rogaba. Ardi lo miró extrañado y vio que el chico lo estaba pasando mal. Entonces le vino a la cabeza una frase que muchas veces decía Fernando a Cola:

«Aquí acogemos a todo el mundo. Esto es como un *casting* de locos... Tendríamos que montar una fundación».

—Venga, vale. Pero esto, más adelante, me lo tendrás que contar —dijo Ardi, ya más complaciente.

—Te lo prometo. Te lo contaré todo, con pelos y señales.

A Necko se le dibujó una sonrisa de agradecimiento. Le gustaba La Escuela. Desde el primer momento había tenido un buen presentimiento, como si hubiera encontrado una segunda casa. Entre tanto golpe, había encontrado la paz. Y no quería estar en otro lugar.

Empezó a entrenar tres días por semana; le quedaba un poco lejos, así que aprovechaba las jornadas en las que no bajaba hasta el barrio Lucero para correr por el campo. Los fines de semana, un poco de bici de montaña y muchas pesas en el gimnasio que se había montado en casa. Vivir en un chalet individual con más metros cuadrados que un campo de fútbol le permitía tener una casita al lado, dentro de su misma parcela, y como tenía pocos invitados, la llenó de mancuernas y aparatos aeróbicos.

Solía bajar los lunes, miércoles y viernes para no levantar sospechas en Ardi sobre su verdadero objetivo. Ardi pasaba más horas allí que los pósteres que decoraban el gimnasio. Empezaba por la mañana, luego se iba a comer al Mauricio, un bar de barrio en toda regla, y continuaba por la tarde, después de un cortadito de café, que era un ritual antes de abrir la puerta de chapa.

Un día, Necko fue por la mañana a entrenar y coincidió con el cierre. Ardi le propuso tomar un café.

—¡Vamos, Necko! Hoy tienes suerte, me siento generoso; te invito a un cafelito.

A este le pilló por sorpresa. Necko no es que tuviera muchas habilidades sociales, podríamos decir que casi ninguna; lo que le salvaba era su buena educación, que le obligaba a interactuar con los demás. Las personas introvertidas, tímidas o introspectivas a menudo parecen maleducadas. Por no hablar con los demás, no saludan, no miran a los ojos. Pero cuando tienes una buena base de educación, superas eso, y aunque te cueste, el «por favor», el «gracias» o el «perdón» siempre estarán en tu vocabulario, por muy escueto que sea.

—Por supuesto, Ardi. Acepto gustosamente. ¡Gracias! —respondió Necko.

Esto le hacía mucha gracia al entrenador; en un barrio de periferia donde predominaba el acento macarra o latino, que alguien hablara como un marqués resultaba divertido. Ardi no estaba acostumbrado a que todo fuera pedido con un «perdón», seguido de un «por favor» y coronado con un «gracias».

Así que fueron andando hacia el Mauricio. Salieron de La Escuela, tomaron el paseo de Extremadura a la izquierda y caminaron los doscientos metros que separaban los dos establecimientos. A la altura del metro, giraron un poco a la izquierda y llegaron a su destino. El Mauricio era un bar escoltado por unas mesas fuera; si no llovía, estaban siempre llenas, fuese verano o invierno.

Se sentaron fuera; era septiembre y todavía hacía buen tiempo en el Lucero. La una de la tarde era un buen momento para entablar una conversación diferente a las que se suelen tener en un gimnasio. En una escuela de boxeo, los diálogos suelen ser simples; la gente va a desconectar, así que hablar sobre el peso de cada uno, los combates del fin de semana y el clima del día siguiente para ir a correr por la Casa de Campo son los temas más profundos que se tratan.

—¿Por qué entrenas, Necko?

Ardi le lanzó la pregunta como un puñetazo en el estómago, sin previo aviso.

—Para ponerme en forma, profe.

—No te lo crees ni tú, pichita —contestó el entrenador, sarcástico, mientras llamaba la atención del camarero del Mauricio.

Cola era el dueño del gimnasio; no estaba mucho en el club porque tenía que atender otro que había abierto hacía poco en el barrio de Tetuán. Pero lo de comer en el Mauricio era sagrado para los dos. Allí se daban el parte del día sobre el gimnasio, el barrio y la vida. Para Ardi, Cola de Lagartija era como un padre. Estaba con él desde muy pequeño, siempre, en las buenas y en las malas. De Cola había aprendido a estar atento a los alumnos, a vigilarlos de reojo; daba igual de dónde vinieran, todos los alumnos podían tener un problema. Cola decía que no se boxea porque sí, se boxea por necesidad, y esta puede ser de cualquier naturaleza, económica, emocional, terapéutica, solitaria, etc.

Cuando empezó a dar clases, Ardi no entendía esa teoría de su entrenador, pero con el tiempo, a fuerza de estar en el gimnasio, se dio cuenta de que cada alumno que entraba por la puerta de chapa tenía una historia que contar.

—¿Y cuál es la tuya, Necko? Me prometiste que me la contarías. No me cuentes milongas. He visto muchas cosas, y esa mirada tuya tiene algo que contarme —sentenció Ardi mientras removía su cortadito con poca leche fría y azúcar moreno.

47

Allí estaba aquel niño solo en una habitación, como oculto al mundo. Nunca les contó nada a sus padres de lo que sucedió a mediados del curso escolar. Con las excelentes calificaciones que obtuvo, los padres no sospecharon absolutamente nada.

Ese verano, se abrazó con fuerza a la recompensa soñada. Siempre le habían gustado las máquinas de marcianitos, los juegos de mesa, y el artefacto que presidía su habitación los conjugaba todos: la PlayStation. Era un sueño que nunca pensó que se cumpliría. En esa época era un auténtico artículo de lujo; no todas las familias podían permitírselo, y menos en aquel barrio. No podía estar más contento y más enganchado.

Ya no podía jugar al fútbol con sus amigos, no los tenía, pero podía pasarse horas jugando al FIFA y al God of War. Entre esas cuatro paredes, Román hizo grande la frase «El talento sin trabajo es inútil; el esfuerzo sin talento puede lograr lo imposible». Puso tanto empeño en jugar a la consola que se convirtió en un verdadero talento.

Pasaba niveles como loco y vencía a todos los equipos, sin importar el nivel de dificultad. Los juegos le duraban muy poco; los devoraba. Pocos niños manejaban los dedos con tanta rapidez y precisión. Fue creando su propio mundo, su universo paralelo, donde solo estaban él y su consola. No había nadie más, y poco más le hacía falta.

Su padre, que trabajaba ahora como albañil, y que había sido psicólogo en Buenos Aires, debía haber vigilado el tiempo que pasaba frente a la pantalla. Pero solo puedes vigilar si estás presente, y el padre estaba poco, muchas horas extras en las obras.

La madre seguía ocupada con sus alumnos y sus ensayos, y los pequeños estaban un poco dejados de la mano de Dios. En verano, Román podía pasar diez horas seguidas matando bichos o metiendo goles; solo paraba para ver si su hermana pequeña respiraba por la casa.

Esos fueron unos meses de vacaciones en los que, si la cabeza de Román no se volvió cuadrada, fue de milagro. Todo lo bueno acaba, y septiembre estaba llamando a la puerta. El niño *gamer* empezaba a sentirse un poco desangelado; no quería volver al infierno.

Aún le quedaba una esperanza. Tal vez ya no era invisible, estaba allí, quizá se acordaran de que era uno como ellos y que lo único que quería era jugar, ser uno de ellos. No era mucho pedir.

48

El verano de 2005, cuando le dijeron que podía irse al pueblo solo, con su abuela Ana, vio la luz. Se le abrió una rendija de esperanza para escapar de la tortura diaria que era su casa.

El encarcelamiento de Roberto agudizó los problemas, que no eran pocos, en casa de Javi. La relación entre los padres era cada vez más tensa; la madre cada vez menos mujer y el padre cada vez más burro. Era una situación muy violenta y, como tal, se intentaba evitar inconscientemente por todas las partes, incluido el niño pequeño. Cuantas menos ascuas se removieran, menos fuego habría; cuantos menos momentos compartieran juntos, menos balas silbarían en ese hogar.

Javi hacía prácticamente lo que quería, entraba y salía de su casa sin ningún tipo de vigilancia. Pasó mucho tiempo haciendo lo que le daba la gana; sus padres bastante tenían con lo suyo: ella intentaba esquivar los disparos de su marido y él, ocupado con el trabajo, el alcohol y «el postre».

Su hermano mayor actuaba como un agente sancionador para Javi, insuflándole algo de disciplina, pero en su ausencia esta desaparecía. Un niño que se cría solo no tiene referentes y, si los encuentra, no suelen ser buenos. El barrio había mejorado mucho desde los ochenta, pero no era una balsa de aceite; seguía imperando la ley del más fuerte: o quitabas el bocadillo o te lo quitaban a ti, y Javi no era de los que se dejan quitar la merienda.

De vez en cuando, a su padre le entraban remordimientos y lo llevaba a probar en equipos de fútbol, pues en sus momentos de lucidez pensaba que tenía un futuro Cristiano Ronaldo entre manos. Probaron con varios equipos, siempre con el mismo resultado: no lo aceptaban. Reconocían que era muy bueno, pero demasiado conflictivo.

Javi era de gatillo fácil; no se cortaba a la hora de meter la pierna, y si además tenía un padre que lo azuzaba, peor aún.

—¡Javi! No me toques los cojones. Aquí o pasa el balón o pasa el tío; los dos, ni de coña —incentivaba Fran.

—Pero, papá, luego me echan la bronca.

—La bronca te la voy a echar yo si no lo haces. En el fútbol no se hacen prisioneros, ¿entiendes?

Gran motivador, el padre de la criatura, ideal para llevarlo a un congreso de *fair play*. Así que, entre el demonio que Javi llevaba dentro y el miedo a enfadar a su padre, cada vez que probaba en un equipo no tardaban en expulsarlo, a él, a Fran, o a ambos. Porque este, si llegaba con unas copas encima, no sería ni la primera ni la última vez que se liaba a insultos con otro padre o, peor aún, a golpes con los progenitores rivales.

El problema de los padres que no han llegado a nada en el deporte o en la vida es que quieren que sus hijos lo hagan por ellos. No hace falta estar bebido o drogado para ser así, solo perder el sentido común. Fran tomó decisiones equivocadas en su vida, muchas, pero las que afectaron a sus hijos las iba a pagar con creces. Todos somos muy individualistas, pero cuando decidimos tener una familia, esta tiene que primar, y cuando hay condiciones adversas, vengan de donde vengan, las opciones se complican. Así que las decisiones que Fran tomaba complicaban aún más la vida de Javi.

La perspectiva de perder de vista a su padre durante todo el verano le devolvió a Javi un pequeño brillo de alegría.

49

La mirada inquisitiva pero sutil dejó a Necko un poco con la palabra en la boca. Ardi había intuido que este medio pijo de Las Rozas no bajaba desde la sierra al barrio sin un motivo concreto. Aquí había gato encerrado, y quería descubrirlo ya.

—Me gusta el deporte y quería probar el boxeo, Ardi —contestó Necko.

—No te lo crees ni tú. Tú buscas algo. Tienes cuarenta gimnasios en la sierra, y venirte aquí, a treinta kilómetros de tu casa, es por algo y lo sabes.

—¡Que no! No hay nada de particular.

—No me toques los cojones, yo no me he caído de un guindo —dijo Ardi, elevando el tono.

Necko, viendo que su entrenador empezaba a entrar en un estado de alerta máximo, no quería enfadarlo. Si dicen que la cara es el reflejo del alma, al entrenador de

La Escuela le cambiaban ambas en menos que canta un gallo. Le subían las pulsaciones a la mínima que sospechaba de algo raro. Así que, muy bajito, como un susurro, dijo:

—No sé todavía si quiero pelear.

Ardi abrió los ojos como platos y suspiró profundamente. El mismo suspiro que tantas veces hacía cuando alguien llamaba a La Escuela y preguntaba si ahí se competía.

Dicen que la ignorancia es atrevida, pero en el boxeo lo es aún más; cuántos aprendices de boxeador, tras entrenar tres veces con vídeos de YouTube, creen que van a llegar a un gimnasio y convertirse en campeones del mundo.

A Ardi esos tipos le sacaban de quicio; aunque Necko le caía bien, con su última respuesta se le cayeron todos los palos del sombrajo.

—Otro gilipollas en apuros —pensó de inmediato.

Necko, al notar el profundo suspiro de su entrenador, intentó cortarle los malos pensamientos.

—No es lo que piensas, no, no, no.

Necko sentía que estaba perdiendo la conexión directa con su profesor de boxeo.

—Quiero pelear por dos razones importantes para mí.

La atención de Ardi volvió a la conversación.

—La primera, por una necesidad vital. Necesito probarme a mí mismo. Esta no fue la razón por la que entré en el gimnasio, pero con el tiempo se ha convertido en una obsesión.

El interés de Ardi iba en aumento.

—Entré en La Escuela para ver hasta qué punto podía aceptar una propuesta.

—¿Una propuesta? —preguntó Ardi, cada vez más interesado.

—Sí, y para salir de casa y hacer sesenta kilómetros todos los días. Para mí, era muy importante.

Necko se volvía más solemne con cada palabra.

—Me han ofrecido pelear en La Velada del Año de Ibai Llanos.

Ante la revelación de Necko, Ardi se tapó la cara con ambas manos y empezó a reírse a carcajadas. Necko frunció el ceño, extrañado; no entendía por qué su confesión le causaba tanta gracia a su *coach*.

Ahora Ardi lo entendía todo claramente. En La Escuela habían entrenado grandes campeones, pero jamás un *youtuber*. No era solo por casualidad; el dueño, Cola de Lagartija, los odiaba. Ahora había que ver cómo se lo explicaban al jefe. Se respiraba pólvora en el ambiente.

A Ardi, en el fondo, le encantaba discrepar de Cola, pero cuidado cuando este se enfadaba; hasta Troya temblaba. Ahora había que trazar un plan, y esta batalla no sería fácil. Cola era un rival duro de batir.

50

Así que llegó el nuevo curso escolar, quinto de primaria; comenzaría desde el principio. No le fue nada mal haber empezado el anterior a medias vistas las calificaciones; a ver si este año también mejoraba en amistades.

La clase era más o menos la misma, solo había dos grupos por curso, y en el colegio Nuestra Señora de los Dolores no solían hacer cambios: el grupo que comenzaba en primero se mantenía hasta sexto. Este tipo de educación es buena porque genera un gran sentido de pertenencia al grupo, pero solo si las cosas van bien; si no van tan bien, puede convertirse en un auténtico infierno para algún niño.

Román no empezó mal, algunos chicos le hacían algo de caso y quedaba con ellos fuera del ámbito escolar.

Daban unas patadas al balón y hablaban de los juegos de la Play que soñaban tener. Román nunca les dijo que tenía una de ellas; eso podría haber generado envidias y empeorado su situación con sus compañeros.

Así pasaron los primeros meses de otoño, acompañando el inicio del ciclo lectivo.

—A ver si jugamos un partido entre nosotros —comentó Luis a Román.

—¡Claro! Cuando queráis, contad conmigo —se ilusionó Román.

—El sábado por la mañana quedamos en el parque San Isidro.

—Allí estaré.

Román se pasó toda la semana con una tremenda ilusión: volvería a jugar con sus compañeros del colegio. Volvía a ser uno de ellos, y no quería nada más que eso, ser uno más.

El sábado se levantó temprano, preparó todos sus bártulos y emprendió, con el balón en las manos, el camino que separaba la plaza Roger de Flor del parque. Salió por uno de los accesos de la plaza hacia la calle Ervigio, que se convertía en Alférez Juan Usera a la altura de Merino, un ultramarinos de barrio donde se vendía de todo, pero que destacaba por los bollos de todo tipo, en especial los *croissants* que engullían los niños del barrio. Siguió su camino, pasó varios bares y una droguería, hasta llegar a una de las puertas del parque, justo al lado del campo de fútbol, el del Tercio Terol. Ellos aún eran muy pequeños para tener acceso libre tanto a la cancha de fútbol como a la de fútbol sala; les tocaba jugar en el parque, en la hierba salvaje y verde como un tapete de póker.

Se reunían en una de las explanadas diáfanas que había en la entrada, donde colocaban dos abrigos como porterías, con sus respectivos postes, y jugaban como si no hubiera un mañana. Román llegó pronto; no le gustaba llegar tarde, y con la ilusión que tenía, no podía haber esperado en casa.

Llegó el primero... y el último, porque allí no apareció nadie, absolutamente nadie, en las dos horas que se quedó esperando.

—¿Me habré equivocado de sitio? ¿Me habré confundido de explanada? ¿Les habrá pasado algo? ¿No entendí la hora del partido?

Así pasó los ciento veinte minutos, haciéndose mil preguntas, comiéndose la cabeza como un loco. Tenía muchas ganas de jugar al fútbol, pero más ganas aún de volver a tener amigos.

Después de esas dos horas de espera, regresó a casa triste, arrastraba los pies; solo quería llegar, meterse en su habitación, apagar la luz y jugar a su recién adquirido FIFA 06. Su Play y él, él y su Play.

51

La abuela de Javi, Ana, vivía en Ortigosa del Monte, un pueblo a unos ochenta kilómetros de Madrid, en la falda de La Mujer Muerta, una montaña perteneciente a la sierra de Guadarrama. Era un pueblo pequeño, casi una aldea, con dos bares: uno que hacía las veces de supermercado y otro de estanco. En verano había algo de ambiente; en invierno, aparte del frío, pocos compañeros de tertulia.

Casi todas las casas eran bajas, rodeadas de mucho campo. Javi se tranquilizaba al llegar allí; su abuela era muy cariñosa y se preocupaba por él, algo a lo que no estaba acostumbrado. Entre la naturaleza, la ternura y no tener que estar siempre a la defensiva, como en su casa, a veces se relajaba y se apagaba ese ruido odioso que tronaba en su cabeza.

Desde que pasó lo de Roberto, aquel verano y el anterior los había pasado con su abuela. Ella había enviudado hacía una década, tras una larga enfermedad de su marido. Todos pensaron que se volvería a Madrid con alguno de sus hijos, pero cogió el toro por los cuernos. Decidió quedarse porque la casa que había construido con su marido no se la iba a quedar nadie más. Ella y sus circunstancias. Además, sus hijos tampoco le ofrecían muchas alegrías: Fran, metido en la bebida, y el hermano de este, que ni estaba ni se le esperaba. Mejor sola que mal acompañada.

Así que esperaba los veranos con impaciencia para cuidar al pequeño diablillo del nieto, quien, a su lado, parecía apaciguar sus propios demonios.

El pueblo, en época de estío, se dividía en dos: los oriundos y los veraneantes. El segoviano, aun siendo un hombre de honor y valía, como corresponde a su alcurnia, es muy suyo. Son gente dura; no es fácil romper la coraza del cariño con ellos, pero cuando lo logras, es para toda la vida. La gente mayor ya pasaba bastante de esto, pero los jóvenes se separaban como agua y aceite; no se podían ni ver.

Y Javi, como siempre, era la nota discordante de todos: cuanto más veraneante parecía, más tenía que estar con los del pueblo. Rápidamente se hizo con la pandilla de oriundos. Algo tenía en la mirada que ni los del pueblo se planteaban discutir. Además, tener en tus filas a alguien de los que «tiran pa'lante» siempre te evita ser tú quien tenga que hacerlo, y estaba claro que Javi era de esos.

Solo se juntaba con los de la ciudad a la hora de jugar al fútbol en la era: ese supuesto campo de fútbol en cuesta, con dos porterías hechas de troncos secos, donde no solo tenías que regatear a los rivales, sino también a alguna vaca que pastaba por en medio. A la hora de jugar, tanto al balompié como al baloncesto, todos contaban con Javi. Se le daban bien todos los deportes. Con esa edad parecía tocado por una varita mágica para la actividad física.

La verdad es que el deporte le calmaba. Encontraba sosiego entre carreras y saltos; entre pelotas y balones, era feliz porque estaba tranquilo. Solo quería eso, nada más. Quería paz, pues la guerra le venía de fábrica. A veces pensaba si era normal vivir en las trincheras, entre los disparos que siempre silbaban a su alrededor.

Los del pueblo eran más salvajes que los veraneantes, eso era así. No es lo mismo criarse entre edificios y asfalto que entre vacas y pastos. La libertad que te da el campo no es la misma que tienen los prisioneros de la inmediatez de la capital.

Así que Javi se sentía como pez en el agua con los pueblerinos. Y claro, como ocurría en todos los sitios por donde pasaba, su carisma calaba. Otra cosa no, pero carisma le sobraba. Tenía alma de líder. No es que diera órdenes, es que las hordas lo seguían.

O era por su mirada fría y desafiante, o porque no tener problemas con él era más fácil, o porque sabías que, si él estaba, empujaba. Era de los que no dejan a nadie atrás.

«Si hay una guerra, yo me llevo a Javi. Con pocos años, pero yo me voy con él.» Eso debían de pensar los chicos de su edad. Pero, claro, con solo una década de cumpleaños no podía tener ideas muy lúcidas.

Una noche de verano en la que se le ocurrió saltar la valla de un chalet que pensaba abandonado, sus secuaces lo siguieron sin mirar atrás.

Llevaba tiempo observándolo, y la curiosidad había alcanzado niveles máximos. Era como un castillo, con unas torres acabadas en almenas que le daban un aire medieval. Un paseo, flanqueado por olmos, conducía a la casa, y ofrecía una oscuridad que invitaba a salir corriendo en dirección contraria.

Y claro, eso para Javi era un reto. Una casa que imponía, que daba incluso un poco de miedo, no se podía pasar por alto.

Parecía olvidada; nunca habían visto a nadie por allí. Entonces intentó convencer a sus compañeros de correrías estivales de que el asalto al lugar sería divertido.

No se sabe cómo lo hizo; tal vez por su poder de convencimiento, extraño en un chico que hablaba tan poco, o por el nivel de intimidación que poseía. Javi no amenazaba, pero imponía.

Fue una noche fresca de finales de verano, con agosto despidiéndose, cuando organizaron el asalto. Al final, solo eran cinco. Anocheció hacia las nueve, y protegidos por la oscuridad, se acercaron sigilosos.

Saltar la valla de piedra gris, cubierta de musgo, no era gran cosa para chavales en perfecto estado de forma. Aterrizaron en el paseo flanqueado por olmos que conducía a la puerta principal. Si el olmo, como árbol, simboliza la eterna sabiduría, la tontería que estaban haciendo estos chicos carecía de cualquier atisbo de sapiencia.

Todo seguía oscuro, la única iluminación era la de la luna llena que, en un cielo despejado, regalaba algo de claridad. Javi llevaba una linterna, pero no quería encenderla para no delatar su posición. Llegaron a la puerta, una robusta de verdad, de casi dos por dos metros, hecha de madera antigua. Estaba flanqueada por dos cristaleras laterales que permitían vislumbrar el interior del vestíbulo. Se podía observar un mobiliario antiguo, casi medieval, que dejaba claro que la casa de abandonada no tenía nada.

—Vámonos de aquí. Esta casa no está abandonada —dijo uno de los chicos del pueblo.

—No me seas cagón —respondió Javi al instante.

—No podemos entrar ahí dentro, Javi. Eso sería un delito —insistió el chico, cuya voz empezaba a temblar.

—El daño ya está hecho, chavalote. Desde que hemos saltado la valla y entrado en la parcela, ya somos delincuentes —comentó Javi con una media sonrisa.

Se oyó un respingo general, y comenzaron una pequeña discusión en el umbral de la puerta.

—Yo me voy.

—Yo también.

—La hemos cagado.

—No sé por qué te hacemos caso.

—Eres un liante.

Javi, ante el motín, sentenció claro y meridiano:

—Iros a tomar por culo, pedazo de cagones.

Y, efectivamente, se fueron. Dieron media vuelta y pusieron pies en polvorosa.

Allí se quedó Javi, plantado frente a la puerta, con la

indecisión como bandera: entrar en la casa o huir como sus compinches.

El problema con cerebros como el de Javier era que siempre estaban en una pelea constante. Dentro de su cabeza había como dos personajes que se enfrentaban. Uno era su Pepito Grillo, su conciencia, el que pensaba con sensatez y defendía las causas más nobles. El otro, el demonio, el que buscaba peligro, amaba el riesgo y quería tomar las decisiones más nefastas.

En ese forcejeo interior, ese conflicto permanente, estaba la energía que impulsaba a Javi. En la batalla interna, su mente funcionaba bien; si no había enfrentamiento, se solía venir abajo y abrazar la desidia.

Así que, como siempre, los dos protagonistas de su cerebro empezaron la discusión:

—Que entres.

—Que no.

—Que sí.

—Te vas a meter en un lío, si no lo estás ya.

—No seas gallina.

—La valentía no se demuestra así.

—No tienes huevos.

—Los huevos se usan para otra cosa, no para hacer daño ajeno.

Cuando la discusión mental duraba demasiado, su cabeza parecía que iba a estallar. Y, efectivamente, explotó. Soltó un puntapié a la cristalera, en la parte inferior, y esta se rajó al instante.

Estas casas, aunque parecieran robustas, no son tan seguras como aparentan. Si un niño con una simple patada podía romper un cristal que se suponía protector, la seguridad dejaba mucho que desear.

Otro par de patadas más y el cristal cedió. Quedó un hueco perfecto, del tamaño justo para que un niño pasara sin problemas.

La luna seguía brillando, iluminando el camino para que Javi completara su allanamiento de morada. Se metió por el hueco. Sintió cómo la adrenalina le recorría el cuerpo. Una vez dentro, el silencio era absoluto. No se oía nada, salvo el golpeteo de su propia respiración.

El vestíbulo era inmenso, con una alfombra polvorienta que cubría el suelo de madera. Los muebles antiguos, tallados con motivos medievales, parecían estar vigilándolo. La luz de la luna se colaba por las ventanas, y dibujaba formas extrañas en las paredes.

Javi avanzó despacio, intentando no hacer ruido. Cada paso que daba parecía resonar más de lo que debería. A medida que se adentraba, su cerebro seguía con su batalla interna:

—Ves, ya estás dentro. Ahora mira lo que querías ver y sal corriendo.

—Si has llegado hasta aquí, explora un poco más.

Esa voz, la del demonio, siempre ganaba.

Se detuvo frente a una gran escalera de caracol, que parecía llevar al segundo piso. Dudó por un momento, pero al final decidió subir. El crujido de los escalones bajo su peso hacía que su corazón latiera más rápido.

Cuando llegó arriba encontró un pasillo largo, con puertas a ambos lados. Todas estaban cerradas, salvo una al final, que estaba entreabierta. La curiosidad le ganó.

Se acercó lentamente, empujó la puerta con cuidado, y...

52

Cola de Lagartija era un exboxeador criado en el barrio. Durante su carrera como peleador tuvo que compaginar sus entrenamientos con otros trabajos. El boxeo profesional no daba para comer. En aquella época, ya ayudaba a su entrenador en La Escuela. Fernando, su mentor, había montado el gimnasio donde Necko ahora acudía diariamente. Cuando se jubiló de los quehaceres pugilísticos, dejó todo en manos de Cola. Con el tiempo, Fernando se dedicó a escribir, y publicó dos libros que estuvieron a punto de ser *best sellers*. Entre las ganancias de sus textos y las conferencias que impartía alrededor del mundo, vivía cómodamente.

Fernando decidió mudarse a Mallorca, la isla natal de Gadea, su esposa. El clima mediterráneo de la región le inspiraba a escribir. Aunque conservó parte de los gimnasios que compartía con Cola, su presencia allí se limitaba a aparecer en los pósteres que cubrían las paredes.

Cola se convirtió en el jefe absoluto del gimnasio, y allí no se hacía nada sin su aprobación. Había aprendido todo de Fernando y lo llevó al siguiente nivel, combinando el boxeo clásico, más agresivo y enfocado en ganar antes del límite, con las nuevas corrientes pugilísticas provenientes de Cuba y las antiguas repúblicas soviéticas, que priorizaban la movilidad y el contragolpe.

De ese pequeño gimnasio en un garaje surgieron numerosos campeones de España, de Europa e incluso del mundo. Sin embargo, el enfoque del gimnasio cambió con el tiempo, la mayoría de los asistentes ya no buscaban competir, sino sudar y divertirse. Sin olvidar que un gimnasio es, al final, un negocio, Cola y Ardi transformaron las clases en algo más comercial, aunque sin perder la esencia ni dejar de formar competidores de alto nivel. Esta evolución fue la razón por la que Necko llegó al barrio Lucero.

Cola dejó el boxeo tras su derrota en el campeonato de Europa, ya fuera porque logró su objetivo de sentirse boxeador, por la injusticia del resultado o por alguna razón que nunca logró discernir. Desde entonces, se quedó como asistente de Fernando, quien, debido a sus constantes viajes, empezó a faltar con regularidad al gimnasio.

Fue entonces cuando Cola asumió la preparación de los futuros peleadores, entre ellos Miriam, quien eventualmente se convirtió en campeona del mundo. El barrio Lucero, conocido por su carácter bravo, veía surgir grandes peleadores, y los logros de Cola y Miriam se convirtieron en un orgullo local.

Miriam fue compañera de Cola durante casi toda su carrera. Empezó a boxear muy joven tras un episodio de violencia de género que marcó profundamente su vida. Se refugió en el deporte y, gracias a ello, recuperó su autoestima y alcanzó las cimas más altas. Después de la retirada, Cola se enfocó en prepararla.

El boxeo femenino, inicialmente marginal, creció en nivel y visibilidad, y Miriam cosechó éxitos: cinco campeonatos de España, uno de Europa y un título mundial. Peleó en Inglaterra y Estados Unidos contra las mejores boxeadoras, nunca rehuyó los desafíos.

—Esto es pan comido —decía siempre, con una sonrisa.

Uno de los lemas del gimnasio, tatuado en sus paredes, era una frase de Fernando: «Dime con quién peleas y te diré quién eres».

Miriam peleó con las mejores, y todos supieron quién era. Sus logros no solo la consagraron, sino que también elevaron la reputación del gimnasio, que pronto se llenó de futuras promesas.

Entre los jóvenes talentos, uno destacaba. Era un descarado: boxeaba con las manos abajo, provocando, ignorando las instrucciones. Si le golpeaban, respondía sacando la lengua.

Fernando, un entrenador de la vieja escuela, no toleraba esas actitudes. Para él, un boxeador con las manos abajo era un insensato. Un día, después de un *sparring*, con el joven sangrando por la nariz como un géiser, Fernando explotó:

—¡Ardi! Que te den por culo. A partir de ahora te entrena Cola, yo no quiero saber nada de ti.

Y Fernando salió dando un portazo que, según dicen, se oyó hasta en San Petersburgo.

53

Al día siguiente, sus amigos se disculparon y dieron excusas banales que no se creía nadie, salvo quien estuviera dispuesto a hacerlo. Román se las creyó. Estaba tan falto de cariño que cualquier excusa era válida para no perder el vínculo que había logrado trenzar con sus compañeros de colegio. En el patio no volvió a jugar al fútbol; no quería avivar la llama que, por momentos, había conseguido apagar. Se había vuelto prudente y evitaba molestar a nadie innecesariamente. Los primeros meses del curso transcurrieron sin muchas novedades. Mantuvo un perfil bajo, sin meterse en asuntos que no le correspondían. No tenía amigos claros, hablaba cada vez menos y apenas se relacionaba. Se acercaba el 10 de diciembre, día de su cumpleaños. Sería su segundo cumpleaños en España. El primero fue triste y desangelado: acababan de llegar con una mano delante y otra detrás. No hubo celebraciones. Ahora las cosas habían cambiado. Sus padres no querían repetir la experiencia y deseaban celebrarlo por todo lo alto, con todos los compañeros de Román. Pusieron toda la carne en el asador: querían invitar a toda su clase. Prepararon invitaciones divertidas para que Román las repartiera. Alquilaron el comedor del bar de abajo, lo decoraron como merecía la ocasión, con guirnaldas, globos y serpentinas. Toda la familia estaba ilusionadísima. El 10 de diciembre de 2005 era sábado, así que podían celebrarlo el mismo día. Soplar las velas y recibir regalos cuando tocaba, sin adelantar ni atrasar la fiesta.

La celebración estaba programada para las seis de la tarde. El comedor, situado en la parte trasera del bar, tenía acceso por un pasillo junto a la barra. A la izquierda, se encontraban las puertas de los baños, y a la derecha, la cocina. El salón, de unos veinticinco metros cuadrados, había quedado precioso con la decoración.

Allí estaban los padres de Román, su hermana y un matrimonio amigo que había ayudado a la familia a establecerse en España.

Dieron las seis. Nadie apareció.

—Todavía es pronto —comentaban los adultos.

A las seis y media seguían esperando. El padre de Román salía de vez en cuando a la barra, pensando que algún compañero tal vez estaba ahí, sin atreverse a pasar. Pero no había nadie. Solo algunos parroquianos del barrio tomando café.

Dieron las siete. La procesión iba por dentro para Román. No quiso preverlo, pero ya se lo temía. Ninguno de sus compañeros de clase se alegró cuando les dio la invitación. Al contrario, la recibieron con resquemor, como quien recibe algo que debe esconder, mirando a todos lados para asegurarse de que nadie lo ha visto.

Nunca quiso pensarlo. No iba a permitirse tal desazón. Pero la realidad siempre está ahí.

No sabía dónde meterse. Nadie en esa reunión sabía dónde esconderse.

—¿Qué hemos hecho mal? —se preguntaban sus padres.

Lo que estaba mal eran las entrañas de ese niño que sentía, como nunca antes, que algo dentro de él se había roto.

Y, mientras tanto, en el hilo musical del bar sonaba la voz de Dani Martín y El Canto del Loco:

Quiero entrar en tu garito con zapatillas,
que no me miren mal al pasar.
Estoy cansado de siempre lo mismo,
la misma historia, y quiero cambiar.
Me da pena tanta tontería,
quiero un poquito de normalidad...

La normalidad. Eso era lo que anhelaba Román.

Pero aquella normalidad quedaba muy lejos del garito bajo su casa y podía tardar en llegar... o quizá no llegaría nunca.

54

Al final del pasillo siempre hay una puerta donde se vislumbra algo de luz, una meta que alcanzar, un objetivo. Eso pensaba Javi mientras caminaba entre los crujidos de la madera.

Con la linterna en mano, iba alumbrando el suelo. Cada vez que levantaba el haz de luz hacia los laterales, se daba cuenta de que aquella casa no tenía nada de abandonada.

Quizá hacía tiempo que los dueños no aparecían, pero todo estaba en perfecto estado, sin rastro de polvo.

Javi se había quedado solo con el ritmo acelerado de sus pulsaciones. No sabía qué podría haber detrás de esa puerta, pero estaba decidido a averiguarlo. No iba a detenerse ahora.

—Si has llegado hasta aquí, tienes que abrirla. No seas gallina.

El demonio dentro de él lo abrasaba con sus palabras.

—¡Vete! Aquí no haces nada. Estás cometiendo un delito.

Su lado bueno intentaba convencerlo.

Cada vez estaba más nervioso; sentía el corazón golpeándole el pecho y la boca reseca como un estropajo. Todo iba deprisa. Su mente giraba como un torbellino, sus manos temblaban. Quería huir, y lo hizo. Pero Javi nunca huía hacia atrás. Para él, huir siempre era avanzar. En su mundo, las opciones ante la adversidad eran claras: escapar, quedarse bloqueado o enfrentarla.

Él siempre enfrentaba. No sabía hacer otra cosa.

Soltó la linterna y corrió hacia la puerta como un poseso. Jadeaba como un loco en la oscuridad, incapaz de atinar el pomo de la puerta, hasta que finalmente lo logró. La abrió, trastabilló y cayó al entrar.

De bruces sobre una alfombra persa, quedó tendido en el suelo. El salón estaba coronado por una gran chimenea de piedra, y sin embargo, la penumbra lo envolvía todo.

Javi, tirado en el suelo, miraba a la oscuridad en busca de una luz, no para iluminarse, sino para seguirla. Pero allí todo era negro, más negro aún que su corazón.

Rompió a llorar en medio de la sala, gemía como un bebé en su cuna al que nadie consuela.

Otra vez la había liado para nada. Otra vez solo, lamiéndose las heridas.

55

Ardi sacaba de quicio a Fernando, lo cual era de esperar. Fernando era un entrenador chapado a la antigua, de los que preferían la rudeza y la guardia siempre arriba. No soportaba las tonterías ni las florituras sobre el *ring*.

Cola, en cambio, era un entrenador diferente, con otra forma de entender el boxeo, y Ardi le hacía mucha gracia. Fue uno de sus primeros alumnos. Tendría unos once años cuando empezó en el gimnasio, casi al mismo tiempo que Cola iniciaba su camino como ayudante de Fernando en La Escuela.

A los primeros alumnos siempre se les guarda un cariño especial; quedan en la memoria, listos para ser recordados con nostalgia. Y si, además, aquel alumno era un chaval descarado y con un desparpajo fuera de lo común, ese afecto se multiplicaba.

Ardi era chulo como él solo, tanto en el boxeo como

en el trato. Siempre estaba desafiando, con una mirada que parecía retar a cualquiera. Este tipo de actitud puede ser buena o mala en el boxeo, depende de la calidad del boxeador. Si eres chulo y malo, serás el hazmerreír de todos. Pero si eres chulo y bueno, llenarás estadios. Un boxeador arrogante y con talento abarrota pabellones en cualquier lugar. La gente va a verlo, aunque con opiniones divididas: la mitad del público quiere que gane; la otra mitad, que pierda.

Desde el primer minuto se veía que, si Ardi se tomaba en serio los entrenamientos, sería uno de esos que colgarían el cartel de «no hay entradas».

Sin embargo, los comienzos no fueron fáciles. En La Escuela no se juega, y menos con la educación. Podías ser el mejor boxeador de la historia, pero si tus modales dejaban que desear, tus días en aquella cochera estaban contados.

—A este niño, antes de enseñarle a boxear, hay que enseñarle modales —le decía Fernando a Cola.

—Este tiene el demonio dentro. Si se lo sacamos, podrá boxear como los ángeles —insistía Fernando.

—Déjamelo, yo me encargo —respondía Cola.

Cola no lo decía con conocimiento de causa, sino por lástima. Sabía que Fernando ya no tenía paciencia para chicos como Ardi; no les aguantaba ni una. Bueno, les aguantaba dos: les pasaba la primera, pero a la segunda los mandaba a freír espárragos. «Un garbanzo negro te jode todo el cocido», repetía Fernando.

Cola necesitaba demostrar que podía transformar a los chicos con deporte, igual que Fernando lo había transformado a él. Ardi iba a ser uno de sus primeros alumnos, y no sería una tarea fácil.

Aquel canalla era poco ortodoxo, tanto en el *ring* como en la vida. Una misión ardua para un aprendiz de entrenador. «Nadie dijo que esto fuera fácil. Si lo fuera, no se llamaría boxeo. Aquí no solo enseñamos a tirar el directo de izquierda; aquí enseñamos la vida», decía constantemente Fernando.

Cola siempre lo escuchaba con atención; Fernando era como el señor Miyagi de *Karate Kid*. Últimamente, Fernando estaba más intenso, sobre todo con las conferencias. Te descuidabas un momento y te soltaba un sermón repasándolas. A Cola, sin embargo, le encantaba oírle; podía pasar horas escuchándolo.

—Puedes hacer el mejor combate de tu vida, pero alguna hostia te llevas. Igual que en el día a día.

—Entonces habrá que aprender a esquivar —respondía Cola.

—Puedes pasarte la vida esquivando, chaval, pero, cuando menos te lo esperes, la hostia llega y te sienta de culo.

—Qué negativo eres, Fer.

—Negativo no, realista. Así que prepárate para encajar más que para esquivar. Tarde o temprano, la vida te va a sentar de culo.

¿Cómo iba Cola a enseñar a encajar a Ardi, que siempre llevaba las manos abajo? El riesgo y la provocación eran constantes en su vida. Ese niñato, con menos de una docena de años, retaba tanto a sus rivales como aquello aún más difícil de enfrentar: la vida misma.

56

Fue un curso terrible. Román jamás pensó que ser invisible para los demás podía doler tanto.

Pasó el año escolar de vacío en vacío; nadie lo miraba a la cara, era como si fuera un apestado.

En su interior las grietas crecían, cada vez más grandes, cada vez más profundas. Lo que al principio atribuía a «estos españoles, que son tontos y no saben perder», se transformó en una pregunta inquietante: «¿Será culpa mía?».

La falsa culpabilidad que cargaba creció como una sombra, devorándolo poco a poco. Llegó a convencerse de que el verdadero culpable era él.

Hasta su forma de andar cambió. De aquellos pasos vivos y ágiles no quedaba nada; ahora caminaba como un reo que va al cadalso, arrastrando cadenas invisibles. La culpa le deformaba incluso la mirada. Esos niños lograron algo devastador: hacerle creer que todo lo que le pasaba era su culpa, y peor aún, que merecía ese dolor.

Solo quería llegar a casa, refugiarse en su cueva, encender el televisor, conectar la PlayStation y perderse en los mundos de *Kratos* o meter goles en el FIFA, esos goles que ya no podía marcar en la vida real.

Lo que ronda en la cabeza siempre termina dejando su marca en el cuerpo. Román empezó a comer mal. Un niño que antes devoraba todo lo que le ponían en el plato, hasta chuparse los dedos, dejó de hacerlo.

Solo comía porquerías, siempre delante de la pantalla. Empezó a adelgazar, y su cara adquirió un tono pálido. Salir de casa únicamente para ir al colegio no era suficiente para recolectar los rayos de sol que le proporcionaran la vitamina D que tanto necesitaba.

Lo que antes era una afición a la consola se convirtió en una adicción. Su autoestima estaba por los suelos, y su única forma de elevarla era matar marcianitos, derrotar monstruos o meter goles en ese pequeño monitor, su única ventana a la esperanza.

Sus padres seguían sin darse cuenta de la gravedad de la situación. Román vagabundeaba por casa como un zombi, mientras ellos seguían a lo suyo. Trabajaban mucho, eso estaba claro, pero su hijo comenzaba a naufragar.

Necesitaba una tabla de salvación, algo a lo que aferrarse, pero nadie lo veía. Después del episodio en el bar, el día de su cumpleaños, deberían haberlo notado, pero no lo hicieron. Y entonces, como una sentencia inapelable, otra vez la frase que más daño ha hecho a la infancia: «Son cosas de niños».

57

Por más que la liaba, no aprendía. Sin embargo, hay algo que siempre marca y enseña: los sustos. Cuando te asustas por algo, respondes instantáneamente. Sufres un cambio fisiológico, te alteras de inmediato. Es una respuesta breve, acompañada de una aceleración del ritmo cardíaco.

Pero es algo momentáneo, se desvanece pronto, y da paso al miedo. Esa emoción ya es más duradera y puede anclarse en el tiempo, tanto si las causas del primer susto son reales como si no. Todo esto es más profundo y puede llevar a desequilibrios más graves. La ansiedad que provoca un miedo prolongado puede desestabilizar incluso a la mente más cuerda.

En la cabeza de Javier, que iba a mil por hora, el equilibrio no existía. Y el susto morrocotudo que se llevó al ver entrar a la Guardia Civil en casa de su abuela no ayudaba. Entre el sobresalto y el miedo que le invadía, tuvo su respuesta fisiológica: se cagó en los pantalones.

—¿Es usted la madre de Javier? —preguntó un guardia civil con su uniforme verde, impecable.

—No, soy su abuela. ¿Qué quieren ustedes? —respondió ella con firmeza.

—Nos gustaría hacerle unas preguntas al chico —informó el guardia.

Javi, detrás de la puerta, escuchaba con la oreja pegada. La había cagado, lo sabía. Ahora era oficial. ¿Cómo iba a salir de esta?, se preguntaba mientras su cerebro acelerado no dejaba de dar vueltas.

—Pues ustedes no van a hablar con mi nieto —sentenció la abuela.

—Solo queríamos hacerle unas preguntas —reiteraba la Benemérita.

—Si quieren hacer preguntas, háganmelas a mí.

—Serán muy cortas, pero necesitamos hablar con él.

Los de verde insistían, pero la abuela, con un empaque fuera de lo habitual, parecía tener mucha experiencia en estas situaciones. No era su primera vez lidiando con autoridades; sus dos hijos ya le habían dado más de un problema en el pasado.

—Si ustedes quieren hablar con mi nieto, será con una orden y, por supuesto, en presencia de un abogado.

Los guardias civiles, al ver que no iban a conseguir nada, optaron por despedirse con amabilidad. Desearon un buen día a la mujer y se marcharon.

Javi, detrás de la puerta, dejó escapar un suspiro que

casi le deja sin aire. Una sonrisa de oreja a oreja se dibujó en su cara.

Pero la alegría le duró poco. Un grito ensordecedor de su abuela le borró la sonrisa en un instante. En ese momento pensó si no hubiera sido mejor irse con la Guardia Civil. La abuela era buena en las buenas, pero jodidamente mala en las adversas.

Las cosas se ponían feas. Su abuela no era tan fácil de engañar como los demás. Esta mujer tenía demasiados tiros pegados.

—¡¿Qué coño has hecho, Javi?! —se oyó gritar por el pasillo.

Javier abrió la puerta despacio, como si quisiera ralentizar el tiempo. Las bisagras chirriaban al ritmo de su miedo. Pero, por muy lento que fuera, la señora mayor ya estaba allí, con una cara digna de un campeonato del mundo de la UFC.

—No quiero ni saberlo, merluzo. Eres igual que tu puñetero padre y el canalla de tu tío.

—Pero, abuela, que yo no...

—¡No me mientas! Prefiero no saberlo. Lo que quiero es que te largues inmediatamente de mi casa. Que tus mierdas las aguanten tus padres. Yo aquí estaba muy tranquila.

—Lo siento...

—Más vas a sentir como sigas aquí —zanjó la conversación con una mirada que helaba la sangre.

Javier tomó el primer bus que salía para Madrid. Cargaba una maleta vacía de explicaciones para su regreso anticipado.

Mientras tanto, la Guardia Civil seguía buscando a los allanadores de morada. Y su abuela, sola y triste, reflexionaba sobre qué había hecho mal para que todos sus descendientes fueran unos capullos.

58

Ardi creció como persona y como boxeador en aquella cochera. La chulería no se quita de la noche a la mañana; boxeas como eres y eres como boxeas. El joven seguía mostrando desplantes a la vida y a sus rivales. Esa actitud era algo inherente a su forma de ser, y la cuestión no era cambiarlo, sino decidir si se le enseñaba a boxear así o se le alejaba del cuadrilátero y de la idea de querer pelear.

Fernando no estaba dispuesto a lidiar con eso, pero Cola era otra historia. Cola se había encariñado con el niño desde que su padre, al poco tiempo de que este comenzara a dar clases en La Escuela, lo dejara a su cargo. Con el tiempo, Cola se convirtió en su mentor, y cuando algo se le metía en la cabeza, no había quien lo detuviera. Decidió que sacaría adelante a ese «niño pirata», como él lo llamaba.

Enseñar a boxear a alguien que lleva las manos abajo es una tarea ardua y arriesgada, pero Cola lo asumió como un reto. La pedagogía, en estos casos, se basaba en la provocación. Aunque parezca una locura, la técnica consistía en mostrar la cara, adelantar la cabeza y atraer al rival para estimular un fallo. El objetivo era contragolpear al aprovechar el error, sin dudas ni piedad. Esta estrategia requería reflejos extraordinarios, intuición y un temple de acero, cualidades que Ardi tenía de sobra.

En pocos meses, Ardi estaba listo para subirse al *ring*. Sin embargo, en aquella época, la competición infantil en España era casi inexistente. Las interclubes clandestinas eran lo único a lo que se podía aspirar, y estas carecían de formalidad: guantes grandes, diferencias de edad y peso, entrenadores como árbitros y resultados pactados para evitar conflictos.

Cola sabía que esto no era suficiente para Ardi, quien ya veía en el *ring* el lugar donde probarse de verdad. Este tipo de competiciones improvisadas podían llevar al desencanto a un joven tan apasionado. Cola, determinado a mantener a Ardi enfocado, empezó a buscar opciones fuera de España y descubrió el «boxeo educativo» en Francia, donde los niños podían competir bajo reglas estrictas y seguras. Sin saber mucho sobre esta modalidad, decidió consultar a Fernando, quien tenía experiencia y contactos en el mundo del boxeo.

—¡Fer! Necesito que el niño pelee.

—Te estás involucrando mucho con ese demonio —respondió Fernando.

—Es un buen chico, y no voy a dejar que se descarrile. Tiene que pelear.

—Ardua misión, Cola. Aquí en España no te lo permiten hasta los dieciséis.

—Por eso te pregunto por el boxeo educativo en Francia.

Fernando recordó a Rafa Martín, un entrenador de Barcelona con contactos en Francia. Rafa había llevado a su hijo Sandor a competir en esa modalidad, y podía ser la puerta que necesitaban. Así, Fernando llamó a Rafa y organizó los primeros pasos para que Ardi pudiera competir.

Cada mes, Cola y Ardi viajaban a Barcelona, al gimnasio KO Verdun, donde se encontraban con Rafa y Sandor para luego partir juntos a Francia. El boxeo educativo era una modalidad en la que no se podía pegar fuerte; se trataba de precisión y técnica. Sandor, un zurdo espigado y talentoso, brillaba en este estilo. Ardi, en cambio, tuvo problemas al principio, entre su costumbre de llevar las manos abajo y su falta de control en el golpeo, fue descalificado en más de una ocasión.

Con paciencia y largas charlas en la furgoneta, Cola, Rafa y Sandor le enseñaron a moderar su fuerza y pulir su técnica. Sería la advertencia de la organización francesa de impedirle competir si no ajustaba su estilo lo que finalmente disciplinó a Ardi. Aunque nunca levantó las manos, desarrolló una puntería impresionante y un temple digno de un boxeador experimentado.

Los años de viajes y combates curtieron tanto a Ardi como a Cola, y fortalecieron sus habilidades como boxeador y entrenador, respectivamente. Así, también se forjó una profunda amistad con la familia Martín. Sandor alcanzó grandes logros en el boxeo y, en más de una ocasión, sus caminos se cruzaron con los de sus amigos madrileños.

59

El ser humano tiende al vínculo, necesita el apego, el cariño de los demás. A lo largo de la vida, tropezamos una y otra vez. Los golpes son inevitables, pero se soportan mejor con el apoyo de quienes te quieren. Sin embargo, a veces, esas personas están ahí, a tu lado, pero tú no logras verlo. No las sientes cerca, y aunque las necesitarías más que nunca, no encuentras las palabras, el valor o el ánimo para pedirles ayuda.

Román estaba atrapado en una vorágine de emociones que lo arrastraba cada vez más hacia un lugar oscuro. Lo único que deseaba era refugiarse en su habitación, frente a la pantalla de su ordenador, donde las luces parpadeantes de un mundo virtual parecían ofrecerle un consuelo que el mundo real le negaba. Allí, en la penumbra, encontraba su «cueva», un lugar que imaginaba distante, separado de todo: de su casa, de su barrio, de ese colegio que odiaba con toda su alma.

En su habitación se sentía a salvo. Volar, disparar, matar bichos, marcar goles en partidos virtuales. Allí se metía en otros personajes, encontraba lo que le permitía ocultar su dolor.

Un dolor que crecía día tras día, como una sombra que lo envolvía. Había recibido collejas, patadas, puñetazos, incluso alguna pedrada en el patio del colegio allí en Argentina, pero nada dolía tanto como el vacío que ahora lo consumía. Un pozo oscuro en el que solo estaba él y su desesperación.

A veces se preguntaba si pasaba la luz a través de él. Tenía la sensación de que nadie lo veía. En el colegio, los profesores parecían mirar por encima de él, como si no existiera. En el barrio, los vecinos lo saludaban sin detenerse realmente a mirarlo. En casa, sus padres no parecían notar los cambios: ni su mirada apagada, ni su cuerpo cada vez más delgado, ni su tono de voz que se había vuelto casi un susurro.

Los desplantes y la indiferencia de su entorno comenzaron a moldear su percepción de la realidad. Román empezó a pensar que no valía nada, que era la última mierda en un mundo despiadado que no tenía lugar para él. Se convenció de que estaba destinado al fracaso, de que era incapaz de hacer algo bien, de destacar, de ser alguien.

Su rostro perdió el color, las ojeras se volvieron permanentes y sus ojos, antes vivos y curiosos, ahora lucían apagados, casi sin brillo. A veces no podía comer nada;

otras, se llenaba de comida rápida y chucherías sin control, buscando llenar un vacío que nunca desaparecía. Por las noches apenas dormía. Pasaba horas dando vueltas en la cama, incapaz de calmar la tormenta que se agitaba en su interior. Y cuando finalmente el sueño lo vencía, las pesadillas lo atrapaban, despertándolo sobresaltado, sudado, con el corazón desbocado. Durante el día se sentía cansado, como si cargara un peso que lo hundía cada vez más.

Las consecuencias no tardaron en aparecer. Por primera vez en su vida, Román empezó a suspender asignaturas. Antes, sus notas habían sido excelentes, pero las cosas habían empezado a cambiar. Todo se derrumbaba. Apenas entendía lo que le explicaban en clase. Se sentaba en su pupitre y miraba al vacío, incapaz de concentrarse. Aprobó aquel curso de milagro, pero el precio fue alto.

Mientras tanto, sus padres seguían atrapados en su propio ritmo frenético. Trabajaban de sol a sol, para sacar adelante a la familia, pero sin darse cuenta de que, en el camino, perdían a su hijo. Román sentía que sus vidas iban en direcciones opuestas, como dos trenes que avanzan en sentido contrario. Cada día que pasaba, la distancia entre ellos crecía más y más.

A veces miraba a sus padres de reojo mientras cenaban frente al televisor, cada uno absorto en sus pensamientos. Quería decirles algo, cualquier cosa, gritar, llorar, pedirles que lo miraran, que lo escucharan. Pero las palabras no salían. Era como si su voz se hubiera apagado junto con su ánimo.

Y así, poco a poco, Román se hundía más en su mundo. Cada noche, cuando cerraba la puerta de su habitación, se sentía un poco más lejos de todo lo que alguna vez había conocido, de todo lo que alguna vez había amado.

60

El verano se echó a perder de golpe. Pasar de disfrutar el frescor de la sierra segoviana al calor sofocante del agosto carabanchelero fue un cambio brusco, casi cruel. Javier había empezado sus vacaciones con la ilusión de un niño, disfrutando de las tardes al aire libre, las excursiones y el aroma a pino que impregnaba las montañas. Pero todo eso se desvaneció tan rápido como el autobús que lo devolvió a Madrid.

Su regreso anticipado a casa no levantó sospechas. Sus padres no preguntaron ni indagaron las razones. La abuela les contó una historia: que iba a hacer reformas en su casa y que no tenía sitio para el niño. Una excusa absurda, pero suficiente para ellos. En esa familia no se cuestionaba nada. Cada uno estaba atrapado en sus propios problemas, demasiado absorbido como para preocuparse.

Así continuó un verano extraño para Javi. En casa, la atmósfera era sofocante, y no solo por el bochorno. Vivían en un cuarto y último piso de un edificio construido en los años setenta, con orientación sur y sin aire acondicionado. Era un auténtico horno crematorio. Fran, su padre, combatía el calor a base de litros de Mahou clásica. María, su madre, no soltaba el abanico ni para dormir. Y Javi, simplemente, huía a la calle, buscando cualquier lugar mejor que aquel infierno.

Pasaba los días sin camiseta, con unas bermudas descoloridas y el pelo largo y despeinado, empapado de sudor. Su rostro, siempre sucio, mostraba agotamiento y abandono. Parecía más un personaje de película quinqui, como los chicos de *Perros callejeros*, que un niño del nuevo siglo.

La calle se convirtió en su refugio y, a la vez, en su cárcel. Vagabundeaba de un lado a otro, sin rumbo, sin destino. Casi todos sus amigos estaban fuera, en los pueblos de sus abuelos, disfrutando de unas vacaciones más normales. Carabanchel no era un lugar donde la gente presumiera de bronceado o paseara por la playa. Era un barrio duro, de asfalto caliente y sombras escasas, donde el verano acentuaba aún más la crudeza de la vida cotidiana.

Cruzaba calles y barrios como un nómada urbano. Desde la colonia del Tercio Terol hasta General Ricardos, subía calle arriba, esquivando el sol bajo los toldos de las tiendas. A veces llegaba al Hipercor de Vista Alegre, no por necesidad, sino por impulso. Robaba pequeños refrigerios, cosas sin importancia, pero que le daban un breve respiro en su caminata.

Después seguía hasta la plaza de la Palmera, donde bebía agua de la fuente y se sentaba un rato a la sombra de los árboles. Pasaba de largo el parque Eugenia de Montijo, un lugar que le resultaba demasiado abierto, demasiado expuesto, y continuaba hasta la plaza del Parterre. Allí, giraba a la derecha y caminaba para ver las ruinas de la antigua cárcel de Carabanchel. Una parte estaba derruida, pero otra seguía en pie, transformada en comisaría del barrio de Aluche. A Javi le fascinaba aquel lugar, aunque no sabía por qué. Tal vez porque reflejaba, en parte, el caos y la decadencia que sentía dentro de sí mismo.

Caminaba durante horas, buscando algo que no sabía nombrar. Cada paso parecía alejarlo un poco de sus pensamientos, pero nunca lo suficiente. A más metros recorridos, más calma sentía, aunque fuera momentánea. No le importaba el calor ni el sol abrasador. Todo eso era secundario. Solo quería huir de sí mismo, de esa sensación de vacío que lo consumía por dentro.

La inestabilidad duele. Quema. Y la mente de Javi ardía como el asfalto bajo el sol de agosto. Todo lo que hacía era impulsivo, instintivo. Su cerebro reptiliano tomaba el control, llevándolo de un chispazo a otro. Así fue como terminó asaltando un chalet, pateando a Román o imaginando cómo sería ahogar a su propio padre.

Era un niño atrapado en su propio caos, un cúmulo de emociones reprimidas que explotaban en los momentos más inesperados. Por eso odiaba el colegio: estar sentado durante horas lo ponía al borde del colapso. Necesitaba moverse, liberar la tensión acumulada en su cuerpo. La quietud lo destruía, y el movimiento era su única válvula de escape.

Sin embargo, cuando estallaba, el miedo se apoderaba de todos a su alrededor. Javi no hablaba mucho, pero tampoco lo necesitaba. Su mirada lo decía todo. Esos ojos claros, siempre inyectados en sangre, eran como cuchillos que atravesaban al que se atreviera a sostenerlos. Sus compañeros no se aventuraban a provocarlo. Ni siquiera hacía falta que levantara la mano, una sola mirada era suficiente para imponer respeto.

Javi mandaba mensajes con los ojos, con su lenguaje corporal. No necesitaba palabras para hacerse entender. Su silencio era un grito, una amenaza constante. Cada vez que alguien lo veía de reojo, sabía que era mejor no cruzarse en su camino. Pero nadie sabía que, detrás de esa fachada intimidante, se escondía un niño roto, atrapado en un dolor que no sabía cómo expresar.

Caminaba, y caminaba, y caminaba. Era un verano sin final, una estación suspendida en el tiempo, donde todo dolía un poco más bajo un sol implacable.

61

Después de un par de años viajando en furgoneta hacia la Ciudad Condal y luego cruzando la frontera hacia Francia, Cola y Ardi acumulaban más kilómetros a sus espaldas que las zapatillas de un maratoniano. Cada trayecto, cada curva y cada noche durmiendo en el asiento trasero se habían convertido en la base de una educación pugilística poco convencional, y no por ello menos efectiva. En cada uno de esos viajes, mientras el motor ronroneaba y la radio tocaba viejas canciones, Cola compartía lecciones que no se aprendían en un gimnasio. «El boxeo no es solo pegar, Ardi, es aguantar, pensar, y ser más rápido que tu sombra.»

El año 2009 trajo consigo una gran noticia en el ámbito pugilístico: por primera vez se celebrarían los campeonatos de España cadetes en Guardamar del Segura, una tranquila localidad alicantina situada entre Santa

Pola y Torrevieja. Era una oportunidad histórica, y Cola sabía que sus chicos no podían faltar. Ardi, con apenas quince años, tendría la oportunidad de debutar oficialmente en su propio país. Un paso de gigante para el muchacho que hasta entonces solo había medido sus habilidades en cuadriláteros franceses, entre aplausos y vítores en idiomas que apenas entendía.

Ardi no iba solo. Iría con la selección madrileña, que debutaba en estas lides con más ilusión que experiencia. Por aquel entonces había pocos niños compitiendo, y la mayoría provenía de La Escuela, ese pequeño templo del boxeo escondido en una cochera. Allí, entre sacos remendados y una lona gastada, Cola moldeaba a sus muchachos con paciencia de artesano. Para Alicante viajaban tres jóvenes promesas: Ardi, Arteaga y Damián «Guinea».

Cada uno de ellos tenía su propia historia, sus propias razones para subir al *ring*. Ardi era el más curtido. Sus constantes viajes a Francia le habían dado un temple que pocos chicos de su edad podían igualar. Arteaga, en cambio, era un chico rubio de Aranjuez, tan pálido y pulcro que parecía más irlandés que español. Con un boxeo clásico, casi académico, y una disciplina impecable, se ganaba el respeto en cada combate. Y luego estaba Damián, «el Guinea», un niño cuya piel negra brillaba como el ébano bajo las luces del gimnasio. Su estilo fluía como el *jazz*, caótico pero perfecto, y su actitud irreverente hacía que todos giraran la cabeza al verlo pelear. Había nacido para esto, como si hubiera salido boxeando del vientre de su madre.

Los tres mosqueteros, como los llamaba Cola, partieron hacia Guardamar con las expectativas altas y los nervios a flor de piel. Y el resultado no pudo ser mejor: los tres muchachos llegaron a la final. Era un logro increíble para un grupo tan joven, aunque solo Ardi, el demonio, regresaría con el cinturón de campeón.

Damián tuvo un desempeño espectacular, y dejaba claro que su talento era real, pero los nervios le jugaron una mala pasada en la final. En el boxeo todo se entrena, excepto los nervios, y esos solo se doman con tiempo y experiencia. Al Guinea aún le quedaba un largo camino por recorrer. Arteaga, por su parte, se topó en la final con un zurdo hábil y experimentado, Sandor Martín, un viejo conocido del circuito que tenía más batallas en el cuerpo que todos los pupilos de Cola juntos. A pesar de la derrota, Arteaga mostró corazón y técnica, y se ganó el respeto de todos los presentes.

Y luego estaba Ardi. Por suerte, Fernando ya no rondaba por allí; no habría sobrevivido. Ardi no levantó las manos en ninguno de sus tres combates, pero, eso sí, tampoco encajó un solo golpe.

Su estilo era quirúrgico, calculador. En esas edades, las reglas limitaban la potencia de los golpes; no se permitía el KO, pero Ardi encontró un resquicio en las normas: si lograba que sus rivales sangraran por la nariz, el árbitro detenía el combate. Así ganó dos de sus peleas, no por nocaut, pero sí por «inferioridad nasal», como lo llamaba con una sonrisa. Solo en la final encontró resistencia, al enfrentarse a otro prodigio del boxeo: «Maravilla» Alonso, un joven dominicano de origen asturiano que pisaba fuerte. Fue un combate reñido, pero Ardi salió victorioso.

Cuando sonó la campana final y el árbitro levantó su brazo, no solo se proclamó campeón, sino que se convirtió en el más joven en la historia de La Escuela en alcanzar ese título. Cola no podía estar más orgulloso. Pero su orgullo no nacía solo de la victoria; sabía que en ese cuadrilátero alicantino Ardi había vencido algo más que a Maravilla Alonso. Había derrotado a los demonios que lo perseguían desde hacía años, esos que cargaba en silencio y que pesaban más que cualquier cinturón.

Aquella noche, mientras volvían a casa, Cola miró a Ardi por el retrovisor. Había algo diferente en su mirada, algo más que el brillo de la victoria. Era la paz de quien empieza a reconciliarse consigo mismo. Y eso, pensó Cola, valía más que cualquier trofeo.

62

Iba a ser el último año de primaria. Al año siguiente, se vislumbraba en el horizonte un salto excepcional: el instituto, la secundaria, marcaba el inicio de la adolescencia. Pero antes quedaba superar el último tramo de la infancia, esa etapa donde las hormonas empiezan a revolucionarse y las miradas hacia chicos y chicas cambian, adquiriendo otro matiz.

Las chicas de su clase que desde el primer momento que aterrizó en el colegio le hacían ojitos, ya ni se fijaban en él, el rechazo era directamente proporcional a su hundimiento moral.

Román no tenía ojos para nadie. De hecho, sus cuencas oculares parecían cada vez más hundidas. Su piel, de un tono blanquecino, hacía que pareciera un poco zombi. No hablaba con nadie y nadie hablaba con él. Un lobo solitario de piel pálida que no caminaba, sino que arrastraba los pies. Desde aquel día en que Javi le hizo esa escalofriante entrada por detrás, nada había sido igual. Podían contarse con los dedos de una mano las conversaciones largas que había mantenido con algún compañero. Parecía como si todos hubieran confabulado contra él, como si existiera un plan orquestado para aislarlo. Los constantes rechazos, los desplantes, dejarlo con la palabra en la boca, quedar con él y no aparecer, ignorar su cumpleaños..., todo eso fue dañándolo poco a poco.

Su personalidad, antes firme, comenzó a resquebrajarse con cada momento de rechazo. Román se sentía como un cero a la izquierda. A su alrededor, no había nadie que pudiera tenderle una mano. Caminaba solo por un sendero pedregoso, cuyo destino no parecía ofrecerle un final feliz. Cuando el trayecto es oscuro, peor es la meta que te espera.

Cuando empiezas a pensar que no vales nada, que tu único propósito en la vida es existir para sufrir, la desidia se apodera de ti. La desgana se convierte en compañera constante. Comenzar el curso y comprobar que todo seguía igual, que nada cambiaba, fue otro golpe en el estómago para Román. Siempre alimentaba la esperanza de despertar de ese mal sueño, de esa pesadilla que lo atenazaba a cada instante.

Cada vez le apetecía menos jugar a la consola; ni siquiera eso lograba motivarlo. Solo quería encerrarse en su habitación y esconderse bajo la manta. Allí encontraba el silencio, una especie de refugio temporal, pero que no era más que un parche mal colocado. Los remedios huidizos duran poco, muy poco.

Este niño pedía ayuda a gritos, pero no hay nada más apagado que las voces del silencio. Y es que el silencio grita, y duele. Ese dolor que Román sentía se hacía cada vez más insoportable.

63

El odio intenso, ese que quema por dentro, que no te puedes quitar, que te desgarra las entrañas, solo tiene una ventana al mundo: los ojos.

Los de Javi echaban fuego. De una gelidez que ardía. Su mirada, helada como dos témpanos, podía hacer temblar a cualquiera. ¿Qué tenía dentro ese niño para que hasta su presencia cortara el aire?

Paseaba por los pasillos del colegio y los chicos se apartaban. Hacía su ronda, dejaba notar su presencia sin necesidad de decir una palabra. No hacía falta.

En el recreo oteaba el horizonte del patio, como si su mirada pudiera evitar que alguien se equivocara de comportamiento..., un error que saldría caro. A veces se quedaba en una esquina para vigilar, y más que un niño imberbe parecía un vigilante de presidio.

Dicen que el mayor cómplice de cualquier tipo de

violencia es el silencio, y no cabe duda de que callar puede ser el acto de cobardía más grande ante situaciones como esta. En estas circunstancias, la gente no quiere saber nada.

Eso era lo que pasaba en la clase de primaria: nadie quería saber. Ninguno de los niños deseaba alimentar a la bestia. Nadie les había dicho nada, nadie los había amenazado ni intimidado. Si se equivocaban y daban vida al muerto viviente, las llamas del infierno los consumirían.

«Contigo no, bicho.»

Esa era la frase tatuada en sus mentes.

Un niño no iba a arriesgar su estatus escolar por ser simpático con otro. No podía correr ese riesgo. El cementerio está lleno de valientes.

Pero ¿cómo alguien que no ha sido amenazado o intimidado puede claudicar ante los deseos de otro?

El odio en los ojos de Javi, el saber que, si arrancaba, nadie lo detendría..., era un *non stop*. Si empezaba, no se detendría hasta llegar al final.

¿Empezar? ¿Arrancar? ¿Parar?

¿De qué estamos hablando? Javi no había amenazado a nadie, ni cruzado una palabra al respecto. Entonces, ¿de dónde nacía esta forma de intimidación silenciosa?

Una imagen vale más que mil palabras, y una mirada, más que un millón. Sus ojos tenían tanto que contar que, con un simple vistazo, movían las marionetas. Como si tuviera un superpoder, sus pestañeos marcaban el ritmo.

Pero el dueño de esa mirada no era ningún superhéroe. Era más villano que otra cosa, y su crueldad no encontraba límites.

El daño que no deja marcas físicas es mucho peor que el que hace sangrar. La sangre al menos avisa del daño que se comete. Las heridas psicológicas, en cambio, son difíciles de detectar, y lo que no ves, no lo paras. No lo frenas. Te desnaturalizas con el dolor que causas. Te deshumanizas. Y Javi ya estaba deshumanizado por completo.

64

Ardi crecía y, al mismo tiempo, mejoraba su boxeo. Se proclamó campeón de España en todas las categorías inferiores. Fue tentado mil y una veces por el equipo nacional, pero en La Escuela aquello era tabú.

Fernando había mandado a más de un chico a la selección, pero todos habían tenido un final común: problemas mentales, en algunos casos muy graves. Fer trataba a sus boxeadores como si fueran sus hijos; siempre tuvo claro que lo primero era su educación, y luego el boxeo. Como un auténtico padre. En los equipos nacionales, a los deportistas, aunque sean jóvenes, solo los ven como peleadores, y eso no estaba bien. Ni Cola ni Fernando estaban de acuerdo con esa filosofía.

Cuando cuidas a un púgil desde niño y, en algún momento, este sale de debajo de tu ala, hay que tener mucho cuidado bajo qué sombra se cobija. Allí donde van, si los ven solo como trozos de carne, nada bueno puede salir. Si a esto se suma que en cada campeonato de España existe una norma no escrita por la que los árbitros favorecen al equipo nacional, no es raro que los demás conjuntos sientan una animadversión común hacia ellos.

Por una u otra razón, estaba claro que Ardi no iba a defender la elástica española. Su objetivo era otro: ser profesional, y de los buenos.

Cuando empezó a pegarse en la élite —así se le llama al enfrentarse con los mayores—, tenía una auténtica fanaticada. Además de participar en los campeonatos de Madrid y de España, Ardi peleaba mucho en el barrio. Una de las catedrales del boxeo madrileño era el Sage 2000, un pabellón situado en la calle Maqueda, una de las arterias principales de Aluche. No podemos olvidar que La Escuela estaba en ese distrito. Muchos piensan que el gimnasio estaba en Carabanchel, por la procedencia de Fernando y de Cola, pero nada más lejos de la realidad. El barrio Lucero pertenece al distrito Aluche-Latina, muy cerca de los Carabancheles Bajos, pero solo eso, cerca.

Cada vez que Ardi peleaba, llenaba el Sage. Más que llenarlo, lo reventaba. Acudían todo el barrio y todo el gimnasio. Llevaba boxeando desde niño, generándose una fama poco común. Tantos años con el gimnasio en el barrio habían afianzado una cultura pugilística fuera de lo habitual.

En esa época, Fernando, comprometido en la gestión de eventos, organizaba un Sage cada dos meses para que pelearan sus *amateurs* y una velada en el Casino de Torrelodones cada seis meses para sus profesionales. Aunque no le gustaba demasiado, sabía que, si no lo hacía, perdería a sus boxeadores. Las necesidades de estos chicos no siempre eran económicas. Ellos necesitaban un faro en la niebla, un objetivo al que acudir. Un púgil sin batallas se aburre y pierde la motivación. Para muchos de esos chicos, el noble arte había sido su equilibrio, su salvación, y necesitaban metas constantes que atravesar en una misma dirección.

Eso fue lo que hicieron con Ardi. Cola y Fer se preocuparon tanto de su crecimiento como boxeador como de su desarrollo personal.

El boxeador de las manos abajo avanzaba como un cohete, directo a convertirse en el más joven del gimnasio en debutar como profesional.

Su futuro estaba marcado...

65

Las Navidades llegaron pronto. El primer trimestre del curso alcanzaba su fin. Román empeoraba, cada vez descendía más y empezaba a desesperarse.

Un niño de esa edad, con la autoestima tan baja, no suele tener muchas maneras de levantarla, lo preocupante no era solo la ausencia de esas armas, sino sus escasas ganas de luchar.

Se miraba al espejo y no se reconocía, su mirada perdida y sus cejas tristes acompañaban a unas ojeras de ultratumba. Cada vez arrastraba más los pies, como si le pesase la propia vida.

Estaba completamente abatido, con el desánimo como bandera. Rendirse no debería ser ninguna de las opciones, pero en este caso, para Román, parecía la única salida. Sentía que no le quedaba otra opción.

Bajaría los brazos; estaba cansado de luchar, consigo

mismo y contra todos. Solo había un culpable: él mismo, así lo creía. Se merecía un castigo, el mismo que ya estaba sufriendo, el de la indiferencia.

Entró en un estado de indefensión tan profundo que solo podía llegar a un extremo. No tenía fuerzas, no tenía ganas. Quería escapar. Solo deseaba que todo parara. No podía más, era insoportable. «¿Qué tiene que parar? ¿Qué es insoportable?», se preguntaba a sí mismo. «El dolor», se contestaba. «No aguanto más», gritó en el silencio.

Y hasta ese grito se fue apagando poco a poco, como una vela que se consume en la oscuridad.

66

El problema de no empatizar con el dolor ajeno es que no paras. Y si no frenas, el daño que provocas puede ser infinito. Javi odiaba a todo el mundo, pero a Román un poco más. ¿Cómo se atrevía a insultarle de esa manera?

—¿Qué coño se creía este puto argentino? —pensaba—. Venir a desbancarme futbolísticamente y encima recochinearse delante de los demás.

Cada vez que Javi olía a Román, la rabia se encendía como una chispa en pólvora.

—Hacerme un caño en medio del patio... ¿Quién coño se creía este?

Se lo repetía, hasta que el pensamiento se convirtió en una obsesión permanente. Un odio cegador.

Las obsesiones y las manías persecutorias son comunes en mentes frágiles, y la cabeza de Javi estaba por completo desequilibrada. Él mismo sabía, en el fondo, que se había pasado con aquella brutal patada por detrás al pobre niño porteño. Pero en su diálogo interno, su demonio seguía martilleando con lo mismo:

—Se lo merecía, vaya falta de respeto.

Javi era de mano larga y rápida, pero no volvió a ponérsela encima. No hacía falta. Cuando el nivel de intimidación es máximo, pocas palabras bastan para que los demás bailen al son de tus palmas. Y en ese colegio había muchos palmeros.

El odio que sentía hacia Román se multiplicó, extendiéndose como una infección al resto de sus compañeros. En el aula, nadie osaba desafiar a Javi. Se había ganado la fama de conflictivo desde pequeño. Las habladurías del barrio volaban más rápido que el viento, y sus reacciones siempre eran explosivas. Por eso todos mantenían las alarmas encendidas cuando él estaba cerca.

Sin necesidad de decir una palabra, Javi impuso un pacto tácito en su entorno: quien se acercara a Román se exponía a las consecuencias. Hubo incluso quienes, por ganarse la aprobación de Javi, se unieron al acoso. Le gastaban bromas crueles y lo invitaban a partidos ficticios, solo para humillarlo. Cobardes y pelotas ha habido siempre, pero a esas edades son aún más comunes.

Javi, por su parte, tampoco pensaba mucho en las consecuencias de sus actos. Bastante tenía con lo suyo. Además, es difícil medir el impacto de tu daño cuando este no es palpable.

Román, sin embargo, empeoraba cada día. Pero si sus padres ni sus profesores lo notaban, ¿cómo iban a verlo niños de primaria? Nadie veía nada, porque nadie quería mirar.

Todo se estaba convirtiendo en una vorágine endemoniada, un círculo vicioso de violencia y silencio. Había dos niños con demonios internos, dos niños a punto de consumirse en la hoguera del infierno.

67

Y llegó el día en que el Sage 2000 vistió sus mejores galas. Era un pabellón peculiar, con una sola grada y una pista extensa donde se colocaban sillas hasta reventar. Aquella noche, la pista parecía una manta de cabezas; no se veía ni un resquicio del suelo cuando comenzaron los primeros acordes de *Como el agua*, la canción favorita de Ardi, que marcaba su entrada en el combate.

No cabía ni un alma. El pabellón estaba a punto de explotar, con un «no hay billetes» colgado desde una semana antes del evento.

Antes de la pelea de fondo hubo unos diez combates *amateurs*, destacando Guinea y Arteaga, quienes seguían ascendiendo en su carrera boxística, tratando de emular a su compañero. Todavía se desconoce cuántos de los presentes estaban a favor de Ardi y cuántos en contra, pero eso a Fernando y a Cola les daba igual. Sabían que, mientras su boxeador siguiera vendiendo tantas entradas, su carrera estaba más que asegurada.

En los primeros combates profesionales no suelen enfrentarse rivales muy duros. Suben al cuadrilátero boxeadores novatos con pocos combates o viejos mercenarios, con mucha experiencia en derrotas o pocas ganas de ganar. Fernando siempre decía que a un boxeador se le lleva con tiento, despacio, a fuego lento. «Las prisas matan. En el boxeo, aún más rápido.»

«Dos palomas y un gavilán», repetía constantemente Fer. Dos rivales flojos y uno fuerte: ese era el orden correcto para que un boxeador fuera madurando. El primer rival de Ardi era un veterano de mil batallas, de origen nicaragüense. Venía desde Valencia para ganarse el jornal, pero con el punto de mira afinado. Aunque llevaba pocas victorias en comparación con las derrotas, casi todas las había logrado antes del límite. Eso significaba que el «nica» pegaba como si le debieran dinero.

En condiciones normales, mandas a tu boxeador a que esté alerta, atento en los primeros compases hasta que el rival se canse. En términos pugilísticos, estar alerta es sinónimo de tener la guardia alta. Todo lo contrario a lo que iba a hacer Ardi.

Cola siempre lo pasaba mal en la esquina, y más aún en este debut profesional. Fernando intentaba tranquilizarlo:

—Tranquilo, rey, lo que tenga que pasar pasará. Yo a ti te necesito atento.

Era la primera vez que Cola sacaba a un boxeador a

debutar como profesional, y estaba absolutamente aco-jonado. La forma de boxear de Ardi no ayudaba a su paz interior.

Uno de los problemas en las esquinas es el nerviosis-mo de los entrenadores. Hay *coaches* que están peor que los propios boxeadores, lo cual es muy contraproducen-te. Transmiten sus nervios al peleador, que ya tiene bas-tante con lo suyo. Además, en un estado alterado, el ca-pitán del barco no puede maniobrar correctamente, y las decisiones equivocadas se pagan caro en el *ring*.

Tener a Fernando al lado era un alivio para Cola. Una sola frase suya bastaba para calmarlo, como una música que amansa a las fieras.

El que nunca parecía nervioso era Ardi. Podían caer chuzos de punta, pero no perdía la sonrisa en el *ring*. Era como si dentro del ensogado encontrara la felicidad, como si ahí hallara la paz.

Cuando sonó la campana del primer asalto, Ardi co-menzó con su risita burlona y las manos en la cintura, provocando al rival. Este recogió el guante —nunca me-jor dicho— y se lanzó a por él como un miura. El primer golpe que lanzó, además de matar a todas las moscas del Sage 2000, lo hizo girar 180 grados y acabar de bruces en el suelo.

El árbitro lo ayudó a levantarse, le limpió los guan-tes y le indicó que continuara. El segundo golpe iba con la misma intención, y el nicaragüense tuvo peor suerte: esta vez no logró girarse y, al fallar el puñetazo, quedó con las manos bajas y la barbilla al descubierto.

No le puedes dar tantas ventajas a un avispado como

Ardi. Tras evitar el golpe con un pequeño basculamiento hacia atrás, conocido como «caballo» o «ballesta», volvió como un resorte. Con la derecha en ristre, lanzó un directo a la mandíbula que hizo caer al nicaragüense como un saco. No sé qué le dolió más, si el golpe o la caída, pero aquello sonó como un cañonazo.

Podrían haberle contado hasta cien; el nica no iba a levantarse. El estruendo de alegría del público resonó en todo el pabellón de Aluche, llegando hasta la última esquina del barrio.

La andadura profesional de Ardi no podía empezar mejor. Era un chico que nunca había tenido mucha suerte en la vida. Tal vez y solo tal vez, las cosas empezaban a cambiar.

68

La desesperación es un sentimiento protagonizado por la pérdida total de la esperanza. Como cómplices inseparables están la angustia y el sufrimiento. En ese momento, la impotencia y la rendición se vuelven compañeras inevitables.

Así se sentía Román. Su dolor no hacía más que crecer, y lo peor era que no había señales de que fuera a detenerse. Día tras día, la idea de rendirse ante la vida, de tirar la toalla, se hacía más fuerte. Lo único que deseaba era que los pinchazos en su alma cesaran, porque el peso del dolor se había vuelto insoportable.

A veces se sentaba a los pies de su cama e intentaba respirar pausado, pero nada cambiaba. Había leído que con ese tipo de respiraciones todo volvía a la calma, pero su tormenta interior con un muestrario de demonios quería salir por donde fuera. No había meditación, ni técnica de autorregulación que pudiera calmarlo.

¿Acaso un niño de esa edad merecía algo así? Román no entendía qué había hecho mal, pero estaba seguro de que debía haber una razón. Algo habría hecho, algo por lo que su vida se había transformado en esta pesadilla. Nadie podía ayudarlo; todo estaba en sus manos. Había llegado el momento de tomar la decisión más importante, y también la última de su vida.

Se imaginaba atrapado en una habitación oscura, en la cima de una torre infinita. Solo había una salida: una ventana. Y esa ventana era su única opción para encontrar la paz.

Los pensamientos suicidas empezaron a llenarlo, como un veneno que lo recorría. El deseo de desaparecer, de no incomodar más, de dejar de ser una carga, lo dominaba. La lucha en su interior era feroz.

Cada vez que llegaba a casa, subía los cuatro pisos sin ascensor con la mirada fija en las escaleras que llevaban a la azotea.

«Un piso más. Un piso más», se repetía como un mantra oscuro.

En más de una ocasión estuvo a punto de pasar de largo por su puerta y subir el último tramo de escaleras. Cuántas veces llegó al rellano y se quedó mirando esos veinte escalones, como si fueran una invitación al fin del sufrimiento.

Esos escalones no llevaban al cielo, pero prometían algo parecido a la liberación.

Hasta que un día decidió que ya no podía esperar más. Haría lo que llevaba tanto tiempo pensando. Apagaría el dolor y el ruido para siempre. Una mañana, después de que sus padres se fueron a trabajar, tomó la llave de la azotea. Fue al colegio como de costumbre, aunque con una calma que hacía tiempo no sentía.

Durante la jornada se mostró inusualmente tranquilo. Sonreía como quien sabe que el final está cerca y se permite disfrutar de los últimos momentos.

Comió solo en el comedor, como siempre, pero esta vez saboreó cada bocado, como si fuera un banquete especial.

Cuando llegó a casa, no lo dudó.

Subió los cuatro pisos con paso firme, dejó su puerta a la izquierda y comenzó a ascender el último tramo. Abrió la puerta de la azotea y un viento helado le golpeó la cara. Desde allí, en la plaza Roger de Flor, se veían las mejores vistas de Madrid. El paisaje, aunque hermoso, no lograba disipar la tormenta de su mente.

Se acercó al borde con pasos lentos. El muro, de poco más de un metro de altura, parecía demasiado bajo para lo que estaba a punto de hacer. Desde allí podía ver el horizonte: el barrio gris, menos oscuro que sus pensamientos, y los rascacielos perdiéndose entre las nubes.

«¡Dale, che! No demores.» Más susurraba esa voz interna que lo instigaba, impaciente, casi cruel.

Román se subió al borde del muro.

Un paso más. Solo un paso más y todo terminaría.

Tenía que inclinarse hacia delante y la paz que tanto deseaba llegaría.

Un poco más, pensó, y el dolor se apagaría para siempre.

69

Todo empezó con la idea de María de visitar a su hijo encarcelado. Roberto llevaba casi un año entre rejas, pero Fran no permitía que su esposa fuera a verlo. María le rogaba que la dejara visitar a su hijo.

—¡Ese hijo de puta hace mucho tiempo que dejó de ser nuestro hijo! —gritaba Fran cada vez que María sacaba el tema—. ¡Puto bastardo de mierda! Casi me mata. Que se pudra solo entre cuatro paredes.

Parecía que Fran no le había perdonado ni un ápice.

—Déjame ir, por favor. Llevo un año sin verlo —suplicaba María.

—No me toques los cojones, María. ¡Te he dicho que ese hijo está muerto para mí! Y sobre todo para ti. ¡Muerto!

Ante tal sentencia, María rompió a llorar como una

magdalena, lo que empezó a poner muy nervioso a Fran.

—¡Que te calles! ¡Cálmate, llorona de mierda! ¿Llorar por un asesino que casi me mata?

La discusión iba subiendo de tono.

—¡Siempre le has querido más que a mí, hija de puta! —gritó Fran.

El ambiente se caldeaba aún más.

—Deberías pudrirte en una cárcel como él. No te mereces ni una mierda. ¡Desagradecida!

María, incapaz de soportar más humillación, estalló:

—¡No está en una cárcel! Está en un centro, no está en la cárcel.

La idea de imaginar a su hijo entre rejas la destrozaba. Para ella, un centro de menores no era lo mismo que una cárcel, pero casi.

Esa diferencia le permitía respirar.

—¡Está en la puta cárcel, gilipollas! Donde tiene que estar.

Fran insistía. Veía que a María le dolía y seguía metiendo el dedo en la llaga.

María no pudo más. Se abalanzó sobre él, pero Fran, al verla venir, dio un paso atrás y engatilló el brazo derecho. Y cuando engatillas, es para disparar. Nunca boxeó, pero batallas mil, y los reflejos siempre están ahí.

El *crochet* de derecha aterrizó en el mentón de María, que cayó al suelo como un fardo. Con tan mala suerte que, al caer, se golpeó la cabeza contra el suelo de gres de la cocina. Fue un impacto seco, como el de una nuez al romperse.

María quedó inmóvil en el suelo, apenas respiraba. El tiempo se detuvo; la vida se congeló. Fran se tapó la cara con las manos, como si quisiera borrar lo que acababa de hacer. Pero la escena seguía ahí, inamovible. El susto le hizo volar la borrachera, pero el desastre ya estaba hecho. Intentó reanimar a María, pero no reaccionaba. Yacía en el suelo, inerte, mientras la vida parecía escaparse entre las juntas del gres. Desesperado, cogió el teléfono del salón. Era incapaz de marcar el número de emergencias; sus manos temblaban, mojadas por las lágrimas que caían sin cesar.

—Emergencias de la Comunidad de Madrid, dígame.

Al otro lado del auricular se oyó una voz femenina.

—La he matado... La he matado... —balbuceó Fran.

70

El problema del boxeo profesional en España comienza justo en el instante en que suena el último tañido de la campana. En ese momento, uno se asoma al abismo, del que te separa solo un paso. Puedes ganar o perder, pero es ahí donde te cuestionas si todo esto merece la pena. Poco dinero y mucho esfuerzo te hacen reflexionar cuando los focos se apagan y ya no hay palmaditas en la espalda. Jugarse la vida en un *ring* —porque el boxeo es peligroso, no lo olvidemos—, sin un objetivo claro, resulta más duro que los golpes.

Algunos boxeadores no buscan la recompensa económica; su necesidad es otra, vital. Necesitan subir al cuadrilátero como un faro en la niebla, como una meta que cruzar para encontrar un camino.

De ese tipo de boxeadores era Ardi, uno de los que necesitan una luz a la cual dirigirse.

El profesionalismo en el pugilismo español dejó de ser una forma de ganarse la vida en el momento en que la transición política en España lo vinculó al régimen franquista.

A pesar de ello, aún quedaban locos como Fernando y algunos pocos más que luchaban contra viento y marea para que el boxeo no desapareciera. Un boxeador no podía vivir solo del boxeo, lo que complicaba mantener un entrenamiento adecuado.

Los púgiles buscaban trabajos que no les exigieran demasiado. Uno de los empleos más comunes era el de portero de discoteca. Trabajaban tres días a la semana, bien remunerados, y podían entrenar duro de lunes a jueves en doble sesión: carrera por la mañana y gimnasio por la tarde. Luego trabajaban jueves, viernes y sábado por la noche, descansaban el domingo con una carrera de recuperación y el lunes volvían al ruedo.

El problema de la noche es que confunde. Estar en una puerta da cierto brillo, hay mujeres, alcohol y drogas, una mala combinación para quien aspira a ser campeón.

Ardi, sin embargo, tenía clara su meta. Nada ni nadie se interpondría en su propósito: quería ser campeón del mundo. Llevaba ya siete peleas profesionales y estaba ranqueado como número uno en su peso para disputar el campeonato de España.

Ardi trabajaba en un local de su barrio, el Glim, una especie de disco-pub situado en la calle Alcaudón, en el cruce con la calle Gorrión. En el barrio de Tercio Terol parecía que los pájaros se habían escapado de la jaula.

El Glim pertenecía a Gerardo, un amigo de la infancia de Ardi. Vivía a cien metros de su casa y el local estaba a la misma distancia; todo quedaba en familia. Por lo general, no era un lugar conflictivo. La fama de Ardi y de Gerardo no invitaba a buscar problemas. Aunque el barrio había mejorado desde los ochenta y noventa, todavía quedaban algunos rescoldos macarras.

Una noche, cinco individuos de mal aspecto se plantaron en la puerta del local. Estaban en condiciones deplorables, tanto físicas como de ánimo. Entre el alcohol y las drogas, parecía que podían aguantar una noche completa de las fiestas de San Isidro. Ardi, como era de esperar, no les permitió la entrada.

Al principio, los individuos se lo tomaron a broma, pero pronto empezaron a burlarse del boxeador. Ardi no tenía un buen día: Cola le había informado al principio de la semana de que Fernando estaba a punto de cerrar su campeonato de España en el Casino. Esto implicaba dieta estricta y entrenamiento duro, así que el horno no estaba para bollos.

—Tú eres el boxeador, ¿no? —empezaron los borrachos.

—Una cosa es el boxeo y otra cosa es la calle —subían de tono.

—Por favor, apartaos de la puerta. No puedo dejaros entrar en estas condiciones —respondió Ardi, conciliador.

—¿De qué condiciones hablas? En condiciones te vamos a dejar nosotros.

La situación empezaba a ponerse tensa.

—Por favor, no quiero problemas —rogó Ardi. Los insultos y amenazas no le afectaban, pero la invasión de su espacio de seguridad era otra cosa. Cuando uno de los individuos hizo el gesto de echar mano al bolsillo, Ardi no lo dudó.

«Para que llore mi madre, que llore la tuya», pensó. Un *crochet* de derecha impactó en el mentón del agresor, que cayó como un plomo. El resto se quedó paralizado. Ardi no perdió tiempo y, con un *hook* al hígado, derribó al segundo. Los otros tres se lanzaron al ataque, pero Ardi, como una batidora, empezó a repartir golpes.

En el forcejeo, un puñetazo mal dado fracturó su propia mano, el sonido seco confirmó el daño. Gerardo salió del local junto con otros clientes, pero ya era tarde. Tres individuos estaban en el suelo pidiendo clemencia y los otros dos habían huido.

Las sirenas de la policía empezaron a sonar. Gerardo ordenó a Ardi que se fuera. Él se encargaría de hablar con los agentes. Ardi obedeció y, con su mano destrozada, se perdió en las calles de Carabanchel Bajo en busca de un taxi que lo llevara al hospital.

71

—¡Noooooooooo!

Un grito desesperado que una madre lanza al viento, rogando que lo que está a punto de ocurrir no suceda.

Román estaba a un paso del precipicio, un paso que estaba convencido de que era su única salida, su única solución. La azotea se le antojaba la pequeña ventana que iluminaba, aunque fuese un instante, la habitación oscura de su dolor. Su salida de emergencia.

Sin embargo, si algo puede hacerte dudar en la vida, es la voz de tu madre.

Un minuto más tarde y Román habría dado el paso definitivo. Habría volcado todo su dolor por la borda. No quería seguir sufriendo. Ya había adelantado su pie izquierdo al vacío, estaba a un pequeño paso de la nada cuando el alarido de su madre congeló la escena.

—No lo hagas, amor, no lo hagas —le suplicó entre

balbuceos, llorando con una crisis de ansiedad que le sacudía el cuerpo entero.

Su corazón bombeaba a mil. Sentía que el alma se le escapaba por la boca. No sabía qué hacer. No se atrevía a acercarse demasiado por miedo a asustarlo y provocar lo que más temía. Tampoco sabía qué decir, pero lo que dijera marcaría sus vidas para siempre.

Lloraban ambos. La madre, de rodillas, imploraba a su hijo que no se quitara la vida, que no destruyera de un plumazo la de toda su familia. Porque la muerte de un hijo es, en sí misma para los padres, una muerte en vida. Y si además sientes que eres responsable, el dolor se vuelve intolerable.

Cuando la madre vio a su hijo en el borde de la azotea, entendió que parte de la culpa era suya.

En cuestión de segundos, miles de imágenes de Román en los últimos años cruzaron por su mente: la tristeza tras dejar Buenos Aires, cómo poco a poco se apagó su alegría en España, su cuerpo cada vez más delgado, su andar melancólico, los trastornos de alimentación, los problemas para dormir, los cambios de conducta. Todas eran señales, todas estaban ahí. Y no las vio.

—Perdóname, hijo. Perdóname —imploró entre sollozos.

Al oír el ruego, Román sintió algo que no había sentido entre tanto sufrimiento: empatía. Por primera vez pensó en el impacto que su muerte tendría en sus padres, en el dolor indescriptible que dejaría atrás si daba un paso más. Nunca había reflexionado sobre el daño irreparable que infligiría a su familia.

Desde el primer momento, él había cargado con toda la culpa de lo que le pasaba. Para él, el problema era él mismo, y acabar con su vida parecía la única solución. Sin embargo, en el borde de aquella azotea en la plaza Roger de Flor, una imagen lo detuvo: sus padres llorando desconsolados por su pérdida, con la culpa sentada junto a ellos en el tanatorio.

—No puedo hacerles esto. No puedo ser tan cobarde como para dejarles mi dolor. No puedo —susurró Román, mientras un torrente de lágrimas caía por su rostro y el viento le alborotaba el cabello.

La madre, temblando, se arrastraba hacia la cornisa. De rodillas y con un miedo indescriptible, no podía dejar de mirar a la persona que más amaba en el mundo al borde de la muerte.

Román giró el rostro hacia ella. Su flequillo le cubría un tanto la cara empapada en lágrimas.

—Ya pasó, mamá. Ya pasó. Tranquila —dijo con un hilo de voz.

Ella lo miró, desconcertada. ¿Qué significaban esas palabras?

Y entonces, Román dio el paso...

72

No la mató, pero poco faltó. En quince minutos llegaron varios coches de la policía y una ambulancia.

En casa de Javi no sabían lo duro que podía ser un suelo de gres, hasta que recibieron los resultados médicos después del incidente: fracturas de cráneo y un pequeño derrame cerebral provocado por el golpe al caer. No tuvieron que operarla, ya que la fractura era solo una fisura, y el edema lo trataron con medicación. Casi treinta días ingresada en el hospital, y Javi con la abuela, que tuvo que trasladarse de Segovia a Carabanchel. Aunque era la abuela paterna, siempre se había llevado mejor con su nuera que con su propio hijo, al que consideraba, y cada vez más, un indeseable.

Durante ese tiempo, Fran estuvo internado en Soto del Real, cárcel preventiva de la Comunidad de Madrid, acusado de tentativa de homicidio agravado por violencia de género. Las penas a las que se enfrentaba eran de las más duras del Código Penal.

Se dictó una orden de alejamiento. En el caso de la encarcelación de Fran, no tenía mucho sentido, ya estaba bastante alejado.

María iba reaccionando poco a poco en el hospital y comenzaba a darse cuenta de la gravedad del asunto. Solo tenía en la cabeza los años de prisión que le iban a caer a su marido.

La situación era más que complicada para ambos, y la salida, incierta. María sola, con un niño demonio en casa y otro entre rejas; Fran, con un mínimo de diez años en cualquier cárcel de la periferia de Madrid. Un futuro poco prometedor.

Siempre tiene que haber una cabeza pensante, alguien que coja el toro por los cuernos. Y esa persona no podía ser otra que la abuela. Esa generación estaba hecha de otra pasta.

Con los pocos ahorros que le quedaban, contrató un abogado y le encargó mediar. No se trataba de buscar culpables o inocentes, sino de encontrar un término medio.

María no había podido declarar; estuvo inconsciente casi diez días, lo que hacía imposible tomarle declaración.

Fran, por su parte, declaró a la policía que su mujer se había caído. En el estado de embriaguez en el que se encontraba, era normal que su versión de los hechos cambiara. Lo de haber dicho por teléfono que había matado a su mujer podía valer como una primera declaración ante los cuerpos de seguridad del Estado. Sin embargo, al modificarla, se abría un resquicio que podía ser aprovechado.

El abogado, más listo que el hambre, decidió dirigir la defensa por ahí. Para ello necesitaba que María intentara retirar la denuncia, aunque, dado que había lesiones graves, de poco serviría. Lo que podría pesar como atenuante era que Fran cambiara definitivamente su declaración, y alegara que no había tocado a María en ningún momento. El matrimonio no escuchaba mucho al letrado, por muy experto que fuera en leyes. Ambos estaban en estado de *shock* y no tenían la lucidez necesaria para tomar decisiones. Pero ahí estaba la matriarca, quien sabía poner los puntos sobre las íes. Esa mujer, que había llegado del pueblo con una mano delante y otra detrás, y que sacó adelante a una familia en uno de los barrios más duros de España, no iba a temblar.

Habló con María en el hospital y le prometió que Fran jamás volvería a ponerle una mano encima. «Si lo hace, yo misma le meteré dos tiros.» Luego fue a visitar a su hijo en la cárcel y le planteó un trato: si dejaba el alcohol y las drogas, y se comportaba como un padre de verdad el resto de su vida, ella se comprometía a sacarlo del trullo.

Fran, profundamente arrepentido, se aferró a la promesa. A pesar de las tentaciones que existen en la cárcel —porque haberlas, *haylas*—, no volvió a probar ni alcohol ni drogas desde aquel día.

—Te lo juro, mamá. Te lo juro, no volveré a caer.

Juraba y perjuraba en la sala de visitas de la prisión. La abuela habló con el abogado sobre los acuerdos alcanzados, y este se puso manos a la obra.

Los asesores legales se miden por resultados, y este era de los buenos. En menos de dos meses, Fran estaba de vuelta en el barrio, junto a María, ya recuperada de sus heridas.

Fran parecía otra persona. La ausencia de alcohol y sustancias en su cuerpo le había rejuvenecido el rostro y el alma. Era alguien completamente distinto, dentro y fuera.

María también tenía otro semblante, como quien sobrevive a un naufragio. No se sabía si era más feliz por seguir viva o por haber recuperado a su familia.

Cuando la abuela consideró que todo estaba más o menos en su lugar, regresó al pueblo. La edad y el haber pasado las de Caín le indicaban que no debía fiarse demasiado, sabía que todo era tan frágil como una promesa de Año Nuevo.

Pero por algo se empieza.

73

El diagnóstico: dos fracturas de metacarpiano y una fisura en el escafoides. Para un boxeador, eso significaba un largo tiempo fuera del *ring*.

Una operación de urgencia, donde tuvieron que colocar un clavo en uno de los metacarpianos, y una escayola digna de primera división, sellaron la sentencia. Ardi no volvería a competir en mucho tiempo.

La pelea con los aprendices de macarra en la puerta del garito no tuvo consecuencias legales, pero sí cambió el rumbo del joven boxeador. Todos lo animaban para que no se viniera abajo. Le decían que debía tener paciencia, recuperarse bien, que tenía un futuro brillante por delante. Cola y Fernando, sus entrenadores, no lo dejaron ni un instante. Le motivaban para que no perdiera el foco.

Las lesiones, cuando se afrontan con una mentalidad positiva, se curan más rápido. Ardi era un joven disciplinado cuando tenía un objetivo claro, pero si lo perdía de vista, las curvas se le hacían cuesta arriba. Sus entrenadores lo sabían y decidieron no bajar la guardia. Fue entonces cuando a Cola se le ocurrió una idea crucial para mantener al púgil enfocado.

—Fernando, tengo una idea para Ardi —le dijo a su mentor—. Ahora que no estás tanto por el gimnasio, yo podría necesitar algo de ayuda, sobre todo con los niños y los nuevos.

Cola, aunque se manejaba solo, sabía que enseñar boxeo podría ser una terapia ideal para su pupilo.

—No hace falta que le pagues nada; yo lo saco de mi sueldo —añadió, generoso.

—No te preocupes. Ya tenía pensado ampliar la plantilla, así que tu idea me parece cojonuda —sentenció Fernando.

Así, Ardi comenzó su recuperación y su nuevo trabajo al mismo tiempo. El boxeo tiene estas paradojas: alguien puede empezar a trabajar justo cuando debería estar de baja. El nuevo profesor de La Escuela enseñaba a niños y novatos con una escayola que cortaba el aire cada vez que lanzaba un directo de derecha.

La recuperación fue lenta y tortuosa, y nadie bajó la guardia. Ardi siguió las indicaciones al pie de la letra, como si su vida dependiera de ello, mientras sus entrenadores observaban cada uno de sus pasos. Tanto Cola como Fernando conocían bien las secuelas físicas y emocionales del boxeo, así como las heridas que el noble arte deja en el alma.

Con el tiempo, Ardi se recuperó y volvió al redil, decidido a alcanzar su campeonato de España. Retomó los entrenamientos: correr, gimnasio, guanteos... todo marchaba sobre ruedas. Sin embargo, llegó un punto en el que necesitaba guanteos de mayor calidad, y en el gimnasio no había oponentes que le exigieran lo suficiente.

En aquel entonces, la mayoría de los profesionales entrenaban en los bajos del campo del Rayo Vallecano, donde Ricardo Sánchez Atocha había instalado su campamento. Ese lugar era el sanctasanctórum del boxeo español. Allí estaba Sergio «Maravilla» Martínez, uno de los mejores boxeadores que este país había visto.

Ardi bajaba a Vallecas siempre que podía para hacer *sparring* con Maravilla, quien le enseñaba a manos llenas. Sergio, zurdo y argentino, tenía un estilo provocador: manos abajo, esperaba el fallo del rival para contraatacar. Cola, también zurdo, veía en esos guanteos un reto emocionante para su pupilo.

Los primeros enfrentamientos fueron duros. Ardi no se encontraba y Sergio lo llevaba por el camino de la amargura. Con el tiempo, comenzó a sentirse mejor y a ajustar distancias.

—No vayas, Ardi, no vayas. Haz que venga él —repetía Cola.

—Si no voy, no le llego y ni siquiera puedo tocarle —contestaba Ardi, frustrado.

—Exactamente, eso es lo que tienes que hacer: lo mismo que te hace él. Para eso necesitas ser rápido, y lo eres; ser alto en comparación con Sergio, que también lo eres; y tener un buen directo de izquierda, que lo tienes de sobra.

—No es tan fácil.

—Nadie dijo que lo fuera. Solo tienes que creer en ti y tener fe. Cierra los ojos y ve: todo está en tu cabeza. Por muy bueno que sea tu rival, si tú crees en ti, siempre tendrás una oportunidad.

Ardi cerró los ojos y se imaginó en el cuadrilátero, lanzando directos rápidos como un rayo y esquivando a Maravilla con precisión. Desde el primer tañido de la campana, comenzó a aplicarlo: *jab* y esperar, esperar y cruzar la derecha con electricidad.

Los asaltos avanzaron y Ardi ganó confianza, mientras Maravilla empezaba a frustrarse. Pero los campeones siempre tienen un plan B, y Sergio no fue la excepción. Cambió su estrategia: empezó a guarrear el *sparring*, trabando la pelea con agarres y empujones que desgastaron rápidamente a Ardi.

Agotado, Ardi recurrió al plan B de los inexpertos: liarse a golpes. En uno de esos intentos, lanzó un derechazo que impactó en la zona occipital de Maravilla, la parte más dura del cráneo.

El *crack* en su mano fue inmediato. La mano operada no resistió, y la fractura lo derrumbó, tanto física como emocionalmente. Sabía que su carrera había llegado a su fin. Podían animarle los demás, pero él no se iba a mentir.

Había aprendido que la vida, como el boxeo, está llena de golpes. Incluso en el mejor combate de tu vida, algún golpe recibirás. Y aquel, sin duda, había sido el mayor de su corta existencia.

La vida no es el golpe, es lo que haces después de recibirlo.

74

Román oteaba el horizonte en busca de una luz que le devolviera un poco de esperanza. Deseaba un faro en medio de la niebla. Allí, en aquella cornisa, con el viento golpeándole el rostro, la voz de su madre lo iluminó. En el instante en que volvió a ella, también volvió a mirar el mundo más allá de ese agujero en el que llevaba tanto tiempo.

Bajó de la cornisa y corrió hacia su madre. Se abrazaron en un momento que pareció infinito, llorando y pidiéndose perdón una y otra vez.

—¿Por qué? ¿Por qué? —preguntaba la madre angustiada.

En el fondo, sabía que la razón importaba poco ahora. Tenía claro que parte de la responsabilidad de que un niño de once años quisiera lanzarse al vacío era suya. ¿Dónde había estado ella para no darse cuenta de lo que le pasaba a su propio hijo? ¿Dónde estaba mirando?

No quería soltarlo, no quería darle otra oportunidad para que cambiara de opinión y saltara al vacío.

Nadie sabe cuánto tiempo estuvieron abrazados en aquella azotea de Carabanchel, pero ambos sabían que, desde ese momento, sus vidas habían cambiado para siempre.

«Las cosas tienen que ir a peor para mejorar», decía el padre de Román cada vez que las cosas se torcían. Y no habían sido pocos los momentos difíciles, pero ninguno como el nubarrón que acababa de caer sobre su familia.

Cuando bajaron a casa, la madre llamó al padre con un ataque de nervios. Apenas podía contarle lo que quería decir, balbuceaba mientras lanzaba miradas a su hijo, asegurándose de no perderlo de vista.

—Ven a casa, cariño, por favor... Es Román.

El padre entendió de inmediato que algo grave había sucedido. Su esposa no lo habría interrumpido en el trabajo si no fuera urgente.

Lo que nunca habría imaginado, ni en el peor de los escenarios, era lo que había estado a punto de ocurrir: que su muerte en vida había estado a un suspiro de materializarse. Si su esposa hubiera tardado un minuto más en subir, quizá habría sido demasiado tarde.

La claridad que se filtraba por las escaleras hacia la azotea, donde Román había dejado la puerta abierta, fue la señal de alarma. Esa puerta siempre estaba cerrada, y ningún vecino subía allí por casualidad. La curiosidad de la madre, o quizá la fortuna, salvaron a la familia de caer en un pozo tan profundo como la distancia que había entre la azotea y el suelo del edificio de Roger de Flor.

Cuando el padre llegó a casa y escuchó a su esposa, se rompió. Cayó de rodillas, escondiendo la cara entre los brazos, murmurando entre lágrimas:

—¿Por qué no lo vi? ¿Por qué no lo vi?

Él mismo sabía la respuesta, pero no quería admitirla: porque no miró, porque no estuvo atento. Porque a los niños no se les puede dejar solos.

El golpe fue aún más duro para él, pues era psicólogo. Alguien que se dedicaba al estudio de la conducta humana no debería haber permitido que algo así sucediera. Estas situaciones no ocurren de la noche a la mañana; se gestan con el tiempo.

Tiempo que él no dedicó a mirar a su propia familia.

Es cierto que en esos días apenas ejercía como terapeuta, porque pasaba más horas trabajando en la obra que en casa. Pero para él, no había excusa válida: se había olvidado de ser padre.

Se juraron los tres que aquello no volvería a suceder, y que iban a encontrar la causa que casi llevó a Román al abismo. Porque si algo habían aprendido entonces, era que juntos podían enfrentarlo todo.

75

Los dos meses en Soto del Real le sirvieron para pensar y desengancharse. Entre el deporte, la lectura y mucho arrepentimiento, su cabeza empezó a dar vueltas.

El primer arrepentimiento llegó al reconocerse como el peor padre del mundo, y no le faltaba razón. Había padres malos, sí, pero pocos peores que Fran. Con su comportamiento había logrado que su hijo mayor acabara en un centro de reclusión y que el pequeño estuviera cerca de seguir sus pasos.

A su mujer le había infligido todo tipo de violencia. La pobre había recibido golpes de los que dejan marcas y de los que no, sin saber aún cuáles dolían más.

Su madre solo lo visitó una vez en esos dos meses de encierro, pero no llegó con consuelo, sino con un contrato. No uno de papel, sino de sangre, en los que la palabra vale más que cualquier firma.

Ana hacía mucho tiempo que no veía a su hijo sobrio y en buen estado. A veces, un lugar que destruye a unos salva a otros, y parecía que, a Fran, estar entre rejas le había venido de maravilla.

En la cárcel, como fuera de ella, siempre tienes opciones. Puedes seguir con tu vida de siempre, medicándote de forma legal o ilegal, o elegir cambiar: reflexionar sobre lo que te llevó allí, redimirte y transformar tu vida. Depende de ti.

Fran decidió cambiar. No podía seguir por ese camino, y lo sorprendente es que eligió transformarse antes de que su madre y su abogado trazaran un plan para él.

Todas las promesas que le había hecho a su madre en el pasado tenían algo en común: siempre las pronunciaba bajo los efectos de algún estupefaciente (incluyendo el alcohol). Pero esta vez fue diferente. Cuando ella le pidió que jurara en el locutorio que, si cambiaba, tendría una última oportunidad, Fran pudo decidir en pleno uso de sus facultades.

Y cambió.

Nadie daba un duro por él, pero se transformó. No fue fácil, porque volver a un barrio lleno de tentaciones, donde había más bares que farmacias, era un riesgo constante de recaída.

Le permitieron volver a su trabajo. María lo perdonó, con cautela, como si caminara sobre hielo fino.

Sin embargo, lo de sus hijos no iba a ser tan sencillo; quizá incluso imposible.

Hay heridas que, por más que cicatricen, siempre duelen. Ahora Fran tenía la tarea más difícil: intentar sanarlas.

76

Todos esperaban lo peor. Dos dobles fracturas en el mismo sitio. El panorama no pintaba bien. Fernando y Cola hicieron lo imposible, buscaron a los mejores traumatólogos, removieron Roma con Santiago, pero nadie les dio mucha esperanza.

Se puede operar y quizá pueda intentar boxear otra vez, pero las probabilidades de que el hueso vuelva a fracturarse por el mismo lugar son muy altas, repetían los médicos una y otra vez.

A los dos entrenadores poco les importaba la carrera pugilística de Ardi. Lo que realmente les aterraba era perderlo a él. Ya una vez lo habían perdido y lo recuperaron, pero levantarse de un golpe así era otra historia. Perseguir un sueño y que te lo arrebaten de un plumazo no es algo fácil de asimilar. Temían por su estabilidad emocional. El boxeo pasa, pero las personas quedan.

Las carreras de los deportistas son efímeras, y hay que estar preparados para cuando terminan; las preguntas llegan cuando se apagan los focos, y a Ardi se le habían apagado antes incluso de que se encendieran.

—¡Puta noche de los cojones! —se quejaba Cola, lamentando lo dura que es la vida para los boxeadores, obligados a dedicarse a otras cosas para sostener una carrera profesional digna.

—¡Tranquilidad, niño! Lo importante ahora es ver cómo le explicamos a Ardi que esto se ha acabado —comentó Fernando, preocupado.

Un chaval que había encauzado su vida gracias al deporte, a través de sus valores y de los objetivos que le marcaba la competición, pero que todavía no tenía una personalidad madura, era carne de cañón para el desequilibrio.

Ardi entrenaba a los niños en el gimnasio cuando Cola y Fernando se acercaron a hablar con él. Esperaron a que terminara su clase y se lo llevaron al Mauricio, el verdadero «cuartel general» de La Escuela. Todas las reuniones y entrevistas se realizaban en la mesa de la esquina más alejada de la entrada de aquel típico bar de barrio, uno de los epicentros del gimnasio.

Se sentaron frente a Ardi. No sabían cómo empezar. Decirle a un joven lleno de ilusión que su sueño se había roto en mil pedazos no era tarea fácil.

—Tenemos que hablar seriamente contigo, Ardi —empezó Fernando, quien, con más experiencia en estas situaciones, decidió encarar la tormenta.

—Hemos hablado con el traumatólogo —continuó

Cola, con la voz temblorosa. Era la primera vez que tenía que decirle a un boxeador suyo que la función había terminado. Y no era cualquier boxeador: Ardi era su primero, el que más ilusión le había dado. Si algo se rompía, se rompían los dos, y aquello no era fácil.

—No puedes volver a boxear con esa mano. No digo que no podrías pelear, hay muchos boxeadores que lo hacen, pero ni Fernando ni yo vamos a permitirlo.

Ardi los escuchaba con los ojos muy abiertos, la seriedad dibujada en su rostro era escalofriante.

—¿Habéis hablado con los mejores traumatólogos? —preguntó, impasible.

—Con los mejores, Ardi. Nos dicen que, si sigues boxeando, podrías perder la movilidad de la mano, y eso afectaría tu vida diaria.

—¿Y qué pensáis vosotros? —los interrogó con la mirada y las palabras.

Fernando dejó hablar a Cola, que había tomado las riendas de la conversación y empezaba a acercarse a Ardi, como entrenador con su pupilo.

—Nosotros pensamos que no debes boxear más. Ante todo, está tu salud —respondió Cola con los ojos humedecidos—. De hecho, nosotros no volveríamos a sacarte en una esquina. Antes que el deporte está la persona, y si te pasara algo malo, no podríamos perdonárnoslo.

Un silencio pesado se apoderó del lugar. Ardi los miraba con una impasibilidad asombrosa. Le habían dicho, en su propia cara, que su carrera y su sueño se iban por el desagüe, pero no movía un músculo; solo sus ojos, que alternaban entre las caras de sus entrenadores. Ellos no sabían dónde meterse. Era un momento tan incómodo como sincero.

—¡Se acabó! —dijo finalmente Ardi—. Entonces, todo aquello por lo que he luchado estos años ha terminado.

Cola y Fernando deseaban desaparecer. Sus pensamientos eran un grito mudo.

Pero entonces, contra todo pronóstico, Ardi sonrió. Una pequeña y genuina sonrisa.

—Tranquilos, estáis vosotros peor que yo —comentó, para sorpresa de sus entrenadores—. Habrá que pasar página, no queda otra. Solo tengo una pregunta: ¿seguís necesitando ayudante en el gimnasio?

Los dos entrenadores se miraron, incrédulos, y respondieron al unísono, como un coro de iglesia:

—¡Por supuesto que sí!

77

El tercer grado al que sus padres sometieron a Román fue de órdago; no se esperaba menos de ellos.

Su padre, entonces, tuvo que recurrir nuevamente al «manual» e intentar que las preguntas que planteara a su hijo fueran lo más asertivas posible, nada agresivas, evitando que se pusiera a la defensiva.

Le tocó modo psicólogo, algo complicado cuando se trata de tus seres queridos. No había otra opción: necesitaban saber qué había desencadenado el intento de suicidio de su hijo.

—¿Por qué, hijo? ¿Qué te ha llevado a esta situación? Cuéntanoslo para que podamos ayudarte —preguntó el padre.

—Ya está, papá. No lo voy a hacer más. Ha sido una tontería —respondió Román, intentando minimizar lo ocurrido.

—A ver, hijo mío, tenemos que entender el origen de tu dolor. Nadie intenta quitarse la vida si no es porque está sufriendo y no ve una salida. Es un acto de desesperación, y tenemos que descubrir qué te ha robado la esperanza.

Sus padres tenían claro que no era «una tontería», por mucho que él quisiera restarle importancia. Sabían que, si no encontraban la raíz del problema y la forma de aliviar su sufrimiento, el camino hacia la autolesión podría repetirse.

Durante toda la tarde insistieron, con cuidado y sin presionarlo demasiado, en un vaivén de emociones. Hasta que, en un momento dado, Román respondió con contundencia:

—No me quiere nadie. Tengo el don de que la gente no me vea, de que no les apetezca estar conmigo.

Sus padres se miraron, perplejos. Jamás habrían imaginado que las excusas sobre el cumpleaños, las quedadas ficticias con sus supuestos amigos eran parte de algo más profundo y orquestado.

En ese instante comprendieron la verdad: a su hijo lo estaban aislando intencionadamente. Le estaban haciendo el vacío. Habían estado tan ocupados con sus propias tareas que no habían percibido nada.

Ese tipo de acoso, por silencioso, no es menos devastador. Va abriendo heridas lentamente, de forma implacable. No hay nada más doloroso para un niño que sentirse rechazado, invisible, una tortura continua.

—Esto no puede quedar así. Mañana vamos al colegio y se van a enterar —gritó la madre, fuera de sí.

Desde el primer momento, la madre buscó culpables. Es el mecanismo clásico: si encuentras responsables, tú misma quedas exenta de culpa y puedes liberar tu conciencia.

—Los culpables somos todos. Deberíamos haber estado más atentos. En estos casos, la responsabilidad recae en todos: quien lo provoca, los testigos, los padres que no ven, los profesores que no se enteran, el niño que agrede y el niño que lo sufre en silencio —aseguró el padre con firmeza.

—Déjate de teorías. El colegio va a saber lo que está pasando —respondió la madre, cada vez más enfurecida.

Pero había una pregunta crucial que aún no habían hecho, y que era clave en toda esta situación.

—¿Quién te ha hecho esto, Román? ¿Quién ha querido destrozarte la vida de esta manera?

78

Había otra luz en casa de Javi, como si hubieran levantado las persianas, corrido las cortinas y abierto las ventanas.

Ya no se oían gritos, y el miedo que antes impregnaba las paredes había salido de aquel hogar, arrastrado como por una corriente invisible.

Fran no parecía el mismo. Su caída a los infiernos lo había impulsado a rebotar hasta los cielos. Su aspecto había cambiado. Retomó el camino del deporte.

Todas las mañanas, antes de irse a trabajar, iba al parque de San Isidro a correr durante treinta minutos, y solo después se permitía desayunar. Al terminar la jornada laboral, regresaba a casa corriendo y dedicaba un rato a hacer musculación y abdominales en la terraza.

No pisaba un bar ni por asomo, y las bebidas alcohólicas habían desaparecido de su hogar: no había vino ni para cocinar.

Trataba a María con cariño, le hacía bromas todo el día y conseguía arrancarle sonrisas a cada rato. Esas mismas sonrisas que ella ya no sabía cómo hacer. Tantos años apretando los dientes le habían hecho olvidar cómo era sonreír. Ella era feliz con poco. Poder visitar a su hijo mayor en el centro de retención una vez a la semana y percibir un poco de luz y esperanza, ya casi perdida, de recuperar a su familia, con eso era suficiente.

Javi no apuntaba maneras en nada. Se había vuelto un niño reservado, apenas hablaba en monosílabos y gruñidos, como si el gato le hubiera comido la capacidad de comunicarse.

No había vuelto a meter la pata a lo grande. Hacía tiempo que no llamaban la atención a María por alguna fechoría de Javier.

Sin embargo, María, que no era tonta y aún llevaba las marcas de aquel tiempo oscuro, sabía que el último verano de su hijo menor en el pueblo no había sido tan tranquilo como aparentaba. Algo habría hecho, seguro. Pero en aquel momento no estaba para librar más batallas, así que decidió dejarlo pasar. Si la abuela lo había despachado antes de que empezara el curso escolar, estaba claro que algo había ocurrido. Pero María quería creer que, quizá, aquella había sido la última de las incidencias.

¡Qué equivocada estaba! No es oro todo lo que reluce.

Una llamada del colegio vino a turbar su paz. Qué poco dura la alegría en casa del pobre.

—¿Es la casa de Javier Rodríguez?

—Sí, aquí es.

—Llamo del colegio Nuestra Señora de los Dolores. Soy el director. Es necesario que vengan tan pronto como puedan a hablar con nosotros...

79

Ser líder no es fácil, es realmente complicado. Algunos dicen que se lleva en la sangre, otros que se entrena, pero Ardi solía decir: «Si no eres capaz de liderarte a ti mismo, ¿cómo vas a inspirar a otros?».

En aquel momento, en el Mauricio, dos de las personas que más le querían atravesaban el momento más difícil desde que Ardi los había conocido. No podía fallarles.

Recibió la sentencia con tranquilidad. A Ardi se le podían reprochar muchas cosas, pero de tonto no tenía un pelo. Desde que vio la expresión del traumatólogo frente a la segunda fractura, sabía que aquello pintaba mal. Desde pequeño, la vida siempre le había dado malas cartas con las que jugar, y eso le enseñó que, por muchas adversidades que hubiera, había que enfrentarlas.

Cuando ves a personas que te aprecian y respetan, con ojos húmedos y serios, sabes que están sufriendo por ti. Tener gente así a tu lado no tiene precio. Si, además, anteponen tu salud a cualquier posible recompensa económica por tu carrera como deportista de élite, entonces no tienes un equipo, tienes una familia.

Por eso, Ardi no podía fallarles. Tenía que liderarse a sí mismo. No habría lugar para lamentos ni lágrimas que no servirían de nada.

Seguiría peleando sueños de boxeador, aunque ya no fueran los suyos. Ahora su misión sería acompañar a otros a cumplirlos.

Con Fernando nunca había tenido mucho trato, pero le gustaba escucharle cuando hablaba con Cola. Siempre tenía historias que invitaban a reflexionar o analogías entre el boxeo y la vida que mostraban los paralelismos entre el noble arte y la existencia misma.

Una de esas historias le marcó. Fernando, pícaro, a menudo usaba a Cola como intermediario para transmitir mensajes a Ardi. Era su manera de asegurarse de que el púgil le escuchara sin sentirse señalado.

«Ardi siempre pone la oreja y luego sintetiza todo punto por punto. Por algo le llamamos Ardi, de ardilla», decía Fernando de broma. «A este niño no se le escapa nada. Vuela una mosca al final del gimnasio y ya sabe dónde se posa. Este es listo como una ardilla.»

Así lo sentenció la primera vez que vio a Ardi boxear. «No creo que dure mucho en el gimnasio con las manos tan abajo, pero si aguanta... lo de Ardi lo llevará en el calzón.»

Fernando no solo era un buen entrenador, era un maestro de la vida. Y, además, tenía una habilidad especial para poner motes a los boxeadores. En su gimnasio, un mote era más que un apodo; era un sello de pertenencia. Sin él, no eras parte de la tribu.

Aquel día, Fernando le contaba algo a Cola, aunque en realidad quería que lo escuchara Ardi:

«Cola, mi rey, la vida es como un campeonato del mundo de boxeo, una pelea a doce asaltos. Si empiezas desde el primer asalto, te vas acostumbrando a los golpes poco a poco. Aprendes a encajar. Cuando llegas a la mitad de la pelea, los golpes ya no te asustan; sabes de qué van. Y si uno de ellos te manda al suelo, no te bloqueas ni te pones a llorar. Lo primero que haces es intentar levantarte, y lo más probable es que lo logres. Pero no solo eso: te levantas para seguir peleando.

»En cambio, si tu vida ha sido un camino de rosas o te han sobreprotegido, tu combate empieza en el sexto *round*. Y claro, no estás acostumbrado a los golpes. El primero que te llega te manda a dormir. Y lo peor de todo: no sabes cómo levantarte».

Ardi era de los primeros, de los que reciben golpes desde el tañido de la primera campana. Pero había encajado muchos más en la vida que en el *ring*.

Cola recordó entonces el día en que Ardi apareció por primera vez frente a la puerta de chapa del gimnasio, acompañado por su padre...

80

Cuando unos padres acuden al colegio para abordar de manera firme un caso de acoso escolar, es inevitable que la situación se vuelva tensa. Y tensión fue precisamente lo que se vivió en el despacho del director de aquel pequeño colegio de los bajos de Carabanchel.

Los gritos se oían al otro lado de la calle. El padre, tranquilo, hablaba pausado, intentaba empatizar con la Dirección del colegio. Porque empatizar no es solo ponerse en los zapatos del otro, sino también saber transmitir tus propios sentimientos para que los demás puedan ponerse en los tuyos.

Todo lo contrario que la madre de Román. A ella no le importaba si los demás empatizaban o no; solo quería que la escucharan. Y desde luego que la iban a escuchar. Casi tuvo que recoger los trozos de su hijo en la acera de su bloque, y eso no podía quedar así.

La figura del orientador aún no existía, tampoco los protocolos para estas situaciones. Todo se resolvía entre las personas implicadas.

Todo el parapeto defensivo del colegio recaía en el jefe de estudios y el director. Ellos deseaban desaparecer de allí, se morían de vergüenza. La mamá porteña lanzaba improperios a troche y moche, y la culpa caía como una espada de Damocles sobre el centro escolar.

Cuanto más insistían el director y el jefe de estudios en que no habían visto nada, más crecía la ira de la madre.

—¡Mi hijo casi se tira desde la azotea, ¿no se dan cuenta de que casi matan a mi hijo?!

Los representantes del colegio se miraban entre sí. La situación parecía muy grave, y ellos sin haber percibido nada. No podía ser que esta madre estuviera inventando algo, ni que el niño hubiera imaginado un agravio tan grande. Algo había pasado en su centro, y había que actuar.

—Nos pondremos a investigar y descubriremos realmente lo que ha ocurrido. Prometemos hacer todo lo posible. Pero, por favor, tranquilícense —dijo el director, intentando calmar las aguas.

Tan pronto como el matrimonio argentino cruzó la puerta, el colegio empezó a moverse en consecuencia. Esto no podía repetirse. Si Román no hubiera reculado, al colegio se le hubiera caído el pelo. No es que existieran sanciones tipificadas para estos casos, pero la opinión pública puede hundir un centro escolar, especialmente si es concertado y depende de las subvenciones de la administración.

261

El colegio empezó a buscar respuestas. Interrogaron a todos los profesores, pero no encontraron nada. Quizá porque no sabían cómo mirar, por omisión, por dejadez, por falta de atención..., o porque lo consideraban «cosas de críos». Fuera lo que fuera, lo cierto es que un niño había estado sufriendo y nadie se había dado cuenta. Nadie vio absolutamente nada, pero algo había ocurrido, eso estaba claro.

No le habían pegado, no le habían insultado, no le habían robado. ¿Qué diablos había pasado?

En medio del ambiente de interrogatorio que se montó en el pequeño despacho del director, uno de los profesores logró dar con la clave de la cuestión. Contó que un día, en el patio, hacía un par de cursos, justo después de que Román llegara al colegio, ocurrió un incidente durante un partido de fútbol en el recreo. Al parecer, el niño sufrió una entrada fea después de haber regateado a un rival. Este, en un acto de venganza, fue a por él como un demonio y le dio una patada por detrás, digna de los peores defensas leñeros.

Pareció que todo quedó ahí: Román llorando por el dolor en su pierna y el otro niño volviendo a clase sin un atisbo de remordimiento.

El director, intrigado, preguntó:

—¿Quién fue el agresor?

—Javier Rodríguez —respondió el profesor.

Se produjo un silencio y unas miradas cómplices. Habían llegado al fondo del asunto, pero el camino que faltaba por recorrer prometía ser aún más tenebroso.

81

Cuando unos padres reciben la noticia de que su hijo es un acosador, la primera reacción suele ser la negación. Ningún progenitor puede concebir que su hijo cause daño a otro; todos prefieren creer que tienen un angelito en casa. Sin embargo, el mal no necesita invitación: siempre encuentra un resquicio por donde colarse. Siempre.

María y Fran se pusieron en guardia.

«¿Quién coño se cree este tío para decir estas cosas de nuestro hijo?», pensaban.

Ni por asomo podían imaginar, al menos al principio, que su pequeño había contribuido a que otro niño intentara tirarse al vacío.

—¿Está usted seguro de eso? —preguntó Fran, muy serio.

—Todas las investigaciones nos llevan a Javier —respondió el director con solemnidad, sin un atisbo de duda.

Después del impacto inicial, María y Fran empezaron a reflexionar, y la claridad que poco a poco iba llegando a sus pensamientos no les traía nada bueno. Jamás se preocuparon por las consecuencias que sus propios problemas podían haber generado. Su ejemplo no había sido el mejor, pero... ¿hasta este punto?

Al principio no se lo tomaron en serio, hasta que el director mencionó el intento de quitarse la vida por parte de Román. A medida que el docente relataba los hechos, los padres de Javier se hundían más y más en el sillón donde estaban sentados. El despacho se hacía cada vez más pequeño.

Se tapaban la cara con las manos mientras la verdad se volvía cada vez más evidente.

El director les explicó que todo comenzó con un incidente futbolístico en el patio. A partir de ahí, todo se volvió oscuro para Román: los chicos empezaron a marginarlo, y el primero en hacerlo fue Javier.

—¿Pero le ha pegado? —preguntó María.

—Que nosotros sepamos, no —respondió el director.

—¿Le ha insultado?

Cuestionó Fran, extrañado.

—En ningún momento. Creemos que ni siquiera volvió a cruzar una palabra con él.

—¿Le ha robado?

La madre no entendía nada.

—En absoluto —continuó negando el director.

—¿Pero qué coño ha hecho Javi? —Fran empezaba a alterarse.

—Intimidar, señores, intimidar. No solo a Román, a todos.

—O sea, ¿que los amenazaba?

María seguía sin comprender.

—No tuvo que amenazar de palabra a nadie. Solo con mirar le bastaba. Los chicos sabían que, si se acercaban al otro niño, tendrían problemas. Poco a poco le fueron haciendo el vacío, hasta que Román se quedó solo.

Al director le costaba relatar la historia. Era la primera vez que abordaba una situación de este tipo, y aún le resultaba difícil asimilarla.

María y Fran se miraron. De repente, entendieron que ese sentimiento de soledad que Román había sentido y provocado todo el incidente, no les era ajeno. Ellos también habían vivido con esa sensación durante mucho tiempo, la adicción y la violencia traen eso, mucha soledad. En ese instante, un peso de culpa cayó sobre ellos. Conectaron con ese dolor insoportable, pero el sentimiento de culpa por el comportamiento de su hijo resultaba aún más desgarrador. Si en ese momento hubieran podido pedir un deseo, ambos habrían pedido lo mismo: tierra, trágame.

82

Una llamada marcó para siempre la primavera de 2007 de Cola. Su colega del barrio, «el Piñas», le daba un toque al móvil. Hacía tiempo que no hablaban; habían sido muy cercanos y compartido numerosas fechorías. La adolescencia en el barrio no había sido fácil para ninguno de los dos. Los años ochenta en el Tercio Terol, una zona del distrito de Carabanchel, eran complicados. De hecho, a ese lugar lo llamaban «el Tercio Terror», nada que ver con la imagen actual de la zona. Hoy, esa colonia de casas bajas, donde antes no te atrevías a entrar al anochecer, la llaman «Beverly Urgel». Ahora es uno de los barrios de moda de la cultura madrileña, un refugio para actores, escritores y demás fauna de la escena cultural.

En aquellos años, «los terribles», como llamaban a su banda, estaban formados por Cola, el Piñas, el Tele y el Fiti. A veces se unían otros, pero los verdaderos integrantes del grupo eran ellos.

Juntos aprendieron a robar coches. Ni siquiera tenían edad para manejar ciclomotores y ya dominaban el arte de conducir. Los tirones desde la Vespino trucada y el robo de radiocasetes a conductores despistados eran su día a día.

De los pequeños hurtos pasaron a delitos más graves y peligrosos: asaltos con fuerza, allanamientos de morada, alunizajes y algo de tráfico de estupefacientes. Más de una vez estuvieron cerca de meterse en problemas serios. Un alunizaje mal planeado terminó en una ensalada de tiros en una calle céntrica de Madrid. Este incidente fue el detonante de la disolución de la banda de adolescentes.

No hay nada como un buen susto para ponerte en tu lugar. Mientras Tele y Fiti siguieron con sus andanzas, Cola y el Piñas decidieron dar un paso atrás.

Aunque vivían cerca, casi como vecinos, no iban al mismo colegio, lo que ayudó a que la falta de contacto enfriara la relación. Se saludaban al cruzarse y, de vez en cuando, compartían un porro en la plaza, pero cada vez menos. Después, Cola se volcó en el deporte. Primero fue el fútbol, jugando en el equipo del barrio, y después, tras la mili, el boxeo se convirtió en su vida.

El Piñas fue a verlo pelear algunas veces junto con la gente del barrio, pero pocas. Seguía su rastro a través de los rumores en los bares, que solían estar empapelados con pósteres de las peleas de Cola. También le habían contado que, tras dejar el boxeo, trabajaba junto a su entrenador en un gimnasio del barrio Lucero.

Ese club aparecía mucho en televisión y prensa, no tanto por los campeones que formaba, sino por el impacto social que tenía en el barrio. Contaban las crónicas que a través del boxeo estos dos, Fernando y Cola, transformaban vidas. Que acogían a los niños bravos del barrio y les daban la vuelta a la cabeza y no a golpes precisamente. Por medio del deporte les daban un propósito y se encauzaban, cogían el camino recto, olvidándose de las curvas que tiene el arrabal.

—¿Cola?

El Piñas intentaba localizar a Cola en un número que le habían dado en el Merino, el supermercado oficial del barrio.

—Sí, soy yo. ¿Quién es?

Cola contestó con un tono áspero; no le gustaba usar su Nokia 3310. Tener móvil le ponía nervioso.

—Soy el Piñas.

—¡Coño! Qué voz más rara tienes por teléfono, no te había reconocido.

Cola respondió con un tono más tranquilo.

—A ver si me puedes echar una mano...

El Piñas casi suplicaba.

Los colegas del barrio son para siempre, sobre todo aquellos que alguna vez se la jugaron por ti. El Piñas había dado la cara muchas veces por Cola, y viceversa.

—Claro, hermanito. Lo que esté en mis manos, es tuyo.

—Es por mi hijo pequeño...

83

Ya sabían quién era el culpable de todo el dolor sufrido por su hijo.

—Pero ¿cómo puedes afrontar este tema con un niño y una familia, que realmente no le ha hecho nada físicamente al tuyo?

Su hijo había pasado por uno de los mayores sufrimientos que puede atravesar un ser humano, algo tan profundo como querer quitarse la vida. Sabían que tenían mucha culpa por no haberse dado cuenta, pero ¿y los padres del agresor? ¿Cuánta responsabilidad tenían ellos?

Eran preguntas que se hacían. El colegio les rogó encarecidamente que no tuvieran contacto con los otros padres, asegurándoles que ellos lo solucionarían.

En el acoso escolar todos son víctimas. Es una violencia que arrasa con todo: agresor, agredido, testigos, los padres del violento, los del violentado, el colegio... todos, sin excepción, pasan por caja.

Unos porque lo sufren, otros porque lo callan y no quieren reconocerlo. Y un niño que necesita utilizar la violencia para reafirmarse en la vida... Nadie sale indemne.

Eso lo sabía Alejo, el padre de Román. Por eso había estudiado y ejercido durante años las ciencias del comportamiento. Pero nunca le había tocado tan de cerca. A pesar del tiempo que llevaba sin ejercer, cambiar el diván por la paleta de obra había sido duro. Y cuando el problema psicológico es con uno de los tuyos, el psicoanálisis de la situación se vuelve aún más complicado.

Su mujer, en el estado de nervios y ansiedad que padecía desde el episodio de la azotea, no ayudaba mucho. De vez en cuando le echaba en cara a Alejo que, siendo psicólogo, no se hubiera dado cuenta de lo que estaba pasando. Cómo no había sospechado, ni remotamente, el sufrimiento de su hijo. Estas reprimendas al marido no eran más que una forma de descargarse del dolor que ella misma sentía por no haber intuido lo que atravesaba Román.

Ambos querían correr, huir, no parar..., pero no sabían hacia dónde. Querían escapar de esa maldita culpa, pero sabían que no era el momento. Ahora había que coger el timón de una familia que casi naufragaba, otra vez.

Lo primero era su hijo. Todo lo demás era secundario. Bastante habían dejado atrás sus prioridades para con él, como para continuar por el mismo camino. Decidieron que no querían que su hijo volviera a ese colegio.

—Jamás entrará por esa puerta otra vez —afirmaba la madre rotundamente.

—Pero solo quedan tres meses para acabar el curso... Lo va a perder entero —susurraba el padre.

—Me da igual. Aunque repita, allí no le voy a dejar volver. Te pongas como te pongas.

La sentencia estaba dictada: Román no terminaría la primaria en el colegio Nuestra Señora de los Dolores.

—Me quiero ir de aquí. No quiero este barrio. Me duele entrar por el portal, me duele ver las escaleras que suben a la azotea... Me duele todo —decía Paola entre lágrimas.

En menos de un mes, la familia que llegó tres años atrás buscando una vida mejor en España, volvía a marcharse.

Económicamente estaban mejor. Alejo era encargado de obra y ganaba bien, aunque tenía la intención de volver al psicoanálisis. Por su parte, Paola iba como un tiro como profesora de interpretación. Había montado su propia escuela junto con una actriz famosa, una de las primeras alumnas que tuvo en España. Ahora, todos los jóvenes actores querían aprender las técnicas de la madre de Román.

No se hablaría más del tema. Dejarían su piso en Carabanchel y emprenderían camino a la sierra madrileña. La zona de Las Rozas sería su destino. Allí empezaban a construir nuevas promociones, y muchas familias jóvenes se estaban mudando en esa dirección.

Otro golpe. Otra mudanza. Otra despedida. Pero las personas no son solo lo que las golpea, sino lo que hacen después de cada golpe.

84

El director del colegio les estaba informando de que su hijo, Javi, había inducido a otro estudiante a intentar quitarse la vida. Fran y María no podían creerlo. O, quizá, no querían creérselo. En lo más profundo de su ser sabían que algo podía pasar, pero a nadie le gusta admitir que su hijo es violento.

Usar la violencia es intentar someter a alguien, forzarlo, y esa agresividad puede manifestarse de manera física, psicológica o verbal. La mayoría de las personas asocia la palabra *violencia* únicamente con la agresión física, pero muchas veces las palabras y los gestos pueden herir mucho más.

Al principio, aquello sonó como un golpe que deja un eco cruel en los oídos. Una palabra que martilleaba los tímpanos de María y Fran. Su hijo, ¿un *homicida*?

Ellos sabían que algo oscuro se había apoderado de Javi, como un velo opaco que había caído en su interior. Pero de ahí a considerarlo un asesino... había un abismo. Para unos padres, una acusación de ese calibre es como una bofetada, un baño de agua helada que congela el alma.

—¿Cómo hemos podido llegar a esto? —se preguntaba María en su interior. Aún no podía procesarlo.

—¿Será culpa nuestra? —pensaba Fran.

El director parecía tener dificultades para explicarse y atreverse a dictaminar sentencia. No era un tema agradable y la falta de conocimiento sobre la situación no ayudaba.

Los padres de Javi seguían dándole vueltas a la cabeza, pero no querían creer. Y cuando uno no quiere asumir, se pone a la defensiva, así que María y Fran se volvieron a poner en guardia.

Lo de la intimidación sin mediar palabra a dos personas criadas en un barrio duro no les cuadraba nada, no podían entenderlo. Y menos entendían que un colegio acusara de asesino a su hijo.

—No, no. Aquí nadie está acusando a Javi de un intento de homicidio, ni nada por el estilo. Es algo mucho más complejo.

La conversación transitaba por terrenos cada vez más incómodos.

—Entonces explíquese, porque nos ha sentado aquí para decirnos que nuestro hijo casi provoca la muerte de otro chico y no sabe cómo explicarlo correctamente. Lo de intimidar a alguien sin intimidarlo directamente, no logro entenderlo —reclamó María, que también empezaba a perder la paciencia.

—Les repito, lo que ha hecho Javier es intimidar. Y esa forma de amenazar no tiene que ser directa. Es complicado, pero es así.

—Entonces, ¿lo amenazó? Eso se lo he preguntado antes. —Fran intentaba aclarar las cosas.

—No, no intimidó directamente a Román. Intimidó a los demás.

La conversación entraba en un bucle infinito.

—¿A todos? ¿Los amenazó?

—Nada de eso. La intimidación, aunque a veces pueda ser considerada una amenaza verbal, no siempre lo es.

Fran estaba cada vez más confundido.

—Javier consiguió que todos sus compañeros pensaran que, si se relacionaban con Román, tendrían problemas serios. Su hijo tiene fama de conflictivo, y nadie quiere enfrentarse a él.

—Esto es increíble. No puedo entenderlo —murmuró María, visiblemente afectada. Pero más que no entender, no quería pensar que su hijo pudiera hacer eso. Ante un golpe así, la negación se convierte en un mecanismo de defensa. Saber que tu hijo ha intimidado a un colegio entero no es fácil de aceptar. La confusión en la cabeza de María y Fran iba a más, pero en el fondo de su ser sabían que si el río suena...

—El acoso escolar social o relacional es muy sutil. Es algo difícil de detectar. Por eso, hasta que los padres de Román vinieron a contárnoslo, no fuimos conscientes del problema —explicó el director—. Este tipo de *bullying* busca la invisibilidad del otro, excluirlo del grupo y de sus relaciones personales. Se trata de hacerle el vacío a través de los demás. Al parecer, llevaban mucho tiempo sin interactuar con él.

El director continuó:

—En niños de esa edad, que están en busca de aceptación y amistad, el aislamiento puede afectar gravemente su estado emocional. Román se fue hundiendo poco a poco, hasta que llegó al punto de la desesperación e intentó quitarse la vida.

Fran y María, atentos, empezaban a comprender. Nunca habían oído hablar de este tipo de agresión, pero el escenario comenzaba a ser claro. La verdad era que Javi, a veces, podía dar miedo con su mirada, con esos silencios cargados.

—¿Y qué quiere que hagamos? —preguntó María casi suplicando.

—Los hemos convocado para informarles sobre las medidas que tomaremos como colegio.

—¿Qué van a hacer? —inquirió Fran.

—Expulsarle del colegio —sentenció el director sin opción a réplica.

Javi no terminaría el curso en aquel pequeño colegio de Carabanchel.

La pareja salió del centro educativo y emprendió camino a casa.

—¿Y ahora qué hacemos? —preguntó María desesperada. Justo cuando las cosas empezaban a mejorar, algo tenía que salir mal—. ¡Qué mala suerte tenemos!

Siempre nos pasa algo. Estamos malditos. —Lloraba desconsolada.

—Tranquila, amor. Se me ocurre algo. Déjame hacer una llamada... —respondió Fran con un brillo decisivo en la mirada.

85

Quedaron bajo la sombra de la puerta de chapa, esa que marca la frontera entre el barrio y el pequeño mundo que Fernando y Cola habían construido en el garaje. Llegaron a media tarde, justo en el cambio de clase. Fernando sustituía a Cola un par de horas mientras este aprovechaba para descansar o entrenar un poco. El exboxeador seguía entrenando; le venía bien para la cabeza. Golpear los sacos o hacer guantes de vez en cuando le ayudaba a encontrar la paz. No le llamaban Cola de Lagartija por nada: desde pequeño, su cerebro iba como un Porsche con frenos de bicicleta. El deporte fue su tabla de salvación, su refugio contra los demonios. Para él, el boxeo seguía siendo su terapia.

Ese día no había sacos ni guantes. Cola tenía una cita con un viejo amigo del barrio, que parecía estar metido en un problema con su hijo.

—¿Qué pasa, hermanito? —preguntó Cola, en su tono directo y desenfadado.

—¡Ese Cola! Tío, cuánto tiempo.

Fran no podía evitar iluminarse al ver a su amigo de toda la vida. Estaba orgulloso de él. Conocía bien su historia y sabía que todo lo que había conseguido, como deportista y educador, se lo había ganado desde abajo. Nadie le había regalado nada. Cola era el típico chaval del barrio con un trastorno de salud mental —era un TDAH de manual—, del que nadie esperaba mucho. De diez papeletas que tenía para que todo saliera mal, él llevaba quince. Pero el deporte lo sacó del naufragio, y Fernando, su entrenador, lo ayudó a mantenerse a flote. El barrio estaba muy orgulloso de sus logros, y Fran aún más.

—Hace mucho, sí. Yo llevo aquí tiempo, canalla. Te podías haber pasado algún día —le recriminó Cola. La Escuela estaba a menos de un kilómetro de la plaza donde ambos vivían, un paseo corto y un café bastaban para encontrarse.

—No lo he pasado muy bien estos años. He tenido bastantes problemas. ¡Lo siento! Tienes razón.

—Lo importante es cómo estás ahora.

Cola iba al grano. El pasado ya estaba escrito, el futuro, aún por venir. Lo que importaba era el presente. Ya sabía algo de los problemas de Fran; en un gimnasio se escuchan muchas cosas, y los cotilleos del barrio siempre corren rápido.

—Ahora estoy de puta madre, Cola. He dejado los vicios, incluso he empezado a hacer deporte.

—La verdad es que estás finito, *crack*. ¿Qué te trae por aquí? ¿Quieres boxear a tu edad?

—No, no es por mí. Es por este gilipollas.

Al decir esto, a Fran se le transformó la cara. Miraba a su hijo con una furia que ardía en sus ojos. El chico, cabizbajo, no se atrevía a levantar la mirada. Cola le imponía respeto; había oído muchas cosas sobre él. Ante una leyenda del barrio, lo único que sentía era admiración... y algo de miedo.

—¿Qué ha hecho el pequeño? —preguntó Cola.

—Le han echado del cole.

—No será el primero ni el último. ¿Qué ha liado?

—Pues que es tonto. Ahora que todo empezaba a ir bien, va y la jode.

Fran se iba encendiendo.

—Que no te enrolles, Fran. ¿Qué ha hecho?

Cola empezaba a impacientarse. Su amigo daba vueltas, pero no contaba nada concreto.

—Que me lo cuentes, coño.

Cuando Cola se alteraba, temblaba Troya, y Troya ya empezaba a temblar.

—El idiota este ha estado acosando a otro niño en el cole y lo han expulsado.

El chico seguía mirando al suelo, sabía que se rifaban collejas y él tenía todas las papeletas.

—¿Le han echado definitivamente, a mitad de curso?

Cola sospechaba que había algo más. Lo que se hacía ante un caso de *bullying* entonces no eran los estrictos protocolos que vinieron mucho tiempo después.

—Es que el otro chico lo pasó muy mal, pero que muy mal —confesó Fran, visiblemente avergonzado.

—¡Joder!

A Cola le salió del alma. Sabía muy bien de qué iba eso. De niño, su TDAH lo llevó a reafirmarse a través de la violencia, y algunos compañeros suyos lo habían pagado caro. Era un tema que lo tocaba profundamente. Ese niño que tenía delante no parecía malo, solo un diablillo. Pero ahora tenía una misión, y no iba a ser fácil empezar.

Cola agarró del brazo a Fran, indicó al chico que entrara al gimnasio, cruzaron la calle y se sentaron en un banco frente a La Escuela.

—Te lo traigo a ver si le das dos hostias y se entera de qué va la vida.

—Las dos hostias te las voy a dar a ti, pedazo de gilipollas.

Ahora sí que las cosas se ponían serias, Cola sabía boxear, sí, pero a Fran no le llamaban «el Piñas» porque sí. Este no había ido a un gimnasio en su vida, pero daba las hostias como panes. El boxeo es una cosa, pero la calle es otra. Se creó un momento de tensión digno de la mejor película de terror. Sin embargo, Cola era de los suyos, y entre ellos se entendían.

—Fran, ¿por qué crees que el niño es así?

—No sé... —balbuceó Fran, sorprendido por la pregunta.

—Por tu puta culpa.

El veredicto de Cola fue tajante. Fran seguía con cara de sorpresa.

—Desde que habéis llegado, solo le has insultado. Le estás maltratando.

—¡Yo no maltrato a mis hijos! —gritó Fran.

—Mira, animal, que no te enteras. Maltratar no es solo pegar. La violencia puede ser física, psicológica o verbal. Tú puede que nunca le hayas puesto una mano encima, pero lo has maltratado durante años.

Fran no salía de su asombro.

—Con todos estos años de maltrato, el niño ha replicado tu comportamiento. Ahora lo asume como su forma de vida. Lo hace en el cole, y lo hará en casa o con su pareja cuando crezca.

Cola habló serio y pausado. Sabía que no se podía educar a un hijo sin antes educar a los padres.

Fran jamás habría permitido que nadie le hablara así, pero Cola era especial. Si él lo decía, algo de razón debía de tener. Desesperado, sabía que su amigo era su última opción antes de que su hijo terminara mal.

—Déjamelo aquí. Si consigo que se enganche al boxeo, habremos ganado mucho.

—Gracias, hermanito —dijo Fran, cabizbajo.

Uno se fue desolado a casa, envuelto en pensamientos de culpa. El otro, con paso firme, entró al gimnasio y gritó:

—¡Javi! Empieza a saltar y no pares hasta que yo te diga.

Y Javi saltó, saltó y saltó...

86

El primer día que entraron en la urbanización se les abrieron los ojos como platos. Parecía un lugar de cuento: un lago, patos cruzando la carretera... Más que una urbanización, parecía un pueblo encajado en la ladera del monte. Se respiraba paz, algo que hacía mucho tiempo no experimentaba la familia de Román.

Alejo solía decir que si no cambias el entorno, jamás cambiarás el comportamiento. Y aquello era algo que su hijo necesitaba con urgencia, tanto por su salud como por la de los demás. Un niño con una autoestima tan baja necesita, sobre todo, equilibrio y serenidad.

Decidieron no escolarizarlo ese curso, aunque significara perder un año. Los padres se reorganizaron en sus trabajos para pasar el mayor tiempo posible con él. No podían dejarlo con nadie, y dejarlo solo era demasiado arriesgado.

Cambiaron sus vacaciones para turnarse durante los dos meses siguientes, de manera que siempre estuviera acompañado. Cada mañana paseaban desde su casa hasta la presa del Gasco. Era un buen recorrido a pie, que además les permitía acercarse a la naturaleza. «El deporte es el mejor antidepresivo que existe», pensaba Alejo, «y si no puedes practicarlo, sustituirlo por caminar al aire libre es igual de efectivo, si no mejor».

Entre los paseos por el campo y la cercanía de sus padres, Román volvió a sentirse querido. Su autoestima y confianza comenzaron a florecer de nuevo. «Qué fácil es hacerlo y qué difícil es darse cuenta», reflexionaba Alejo en cada caminata con su hijo.

Alejo tenía en mente retomar su pasión y profesión abandonada: la psicología. La había dejado atrás, atrapado por las circunstancias. Durante el *boom* inmobiliario en España, se ganaba más en un mes trabajando en la construcción que en un año haciendo terapia en Buenos Aires.

Gracias a muchas horas de trabajo y esfuerzo, junto a su esposa había reflotado la economía familiar. Pero lo que sube, baja: la crisis del ladrillo estalló y, con ella, el empleo en las obras comenzó a decaer. Esa fue la chispa que impulsó a Alejo a dar el paso.

En su nueva casa, un chalet pareado en una urbanización tranquila, había espacio de sobra para los cuatro y también para montar un despacho. Alejo podría trabajar desde casa y estar más presente en la vida de Román.

El comercio y el marketing por internet estaban en pleno auge. Con una buena página web y el impacto de la crisis económica en la salud mental, Alejo sabía que pronto habría una gran demanda de pacientes. Donde unos lloran, otros venden pañuelos, y Alejo se dispuso a venderlos todos.

Abrió un consultorio de psicología en su casa y, en poco tiempo, tenía una lista de espera para el diván del «terapeuta argentino», como lo llamaban. Escuchaba a personas cada vez más golpeadas por la crisis que los envolvía.

Mientras tanto, Román mejoró espectacularmente. No volvió a jugar al fútbol ni a practicar mucho deporte, pero las largas caminatas y unas mancuernas en casa seguían siendo su refugio. Las botas de fútbol quedaron relegadas al pasado.

En Carabanchel encontró la ventana a otra dimensión, y en Las Rozas abrió la puerta para entrar en ella. Lo que empezó con partidas del FIFA y otros juegos infantiles evolucionó hasta que descubrió el League of Legends (LoL).

El League of Legends es un videojuego de estrategia en tiempo real y multijugador en línea. En él, dos equipos de cinco jugadores compiten en un mapa con el objetivo de destruir al equipo contrario mientras defienden el suyo. LoL fue uno de los primeros *eSports* en construir una comunidad fuerte, y Román estaba destinado a convertirse en uno de sus pioneros en España.

El 2010 marcó un flechazo: el inicio de una relación inquebrantable con ese juego. Y, como a una buena pareja, había que darle cuidados constantes y alimentar el fuego del amor. Román no solo echó leña a la hoguera; le añadió un bosque entero.

87

Por primera vez entró en ese planeta metido en un garaje. La banda sonora eran los golpes secos contra los sacos, y el olor a sudor, vaselina y linimento impregnaba el ambiente, envolviéndolo todo.

Llegó a la calle con la mirada fija en el suelo. Mientras su padre conversaba con el entrenador, él continuó observando las baldosas, como si su mundo estuviera ahí, bajo sus pies. Pero en cuanto cruzó la puerta, los ojos se le abrieron asombrado.

Allí, cada uno iba a lo suyo, y al mismo tiempo, todos estaban pendientes de los demás. Apenas puso un pie dentro, le dieron una cuerda para saltar. Nunca había saltado a la comba, pero en un día ya tenía tres compañeros dispuestos a echarle una mano.

El boxeo es un deporte profundamente individual, pero nadie sobrevive sin una esquina, ni en el *ring* ni en la vida. Y Javi necesitaba esa esquina más que nadie. En ese instante, algo en su interior le dijo que por fin la había encontrado.

Se sintió protegido entre aquellas paredes decoradas con pósteres de boxeo y películas de mafiosos.

Allí estaban las imágenes de Tyson y Ali con las de Robert De Niro y Al Pacino, como si el noble arte del boxeo fuera una película.

Entrar a ese lugar, donde el rap flamenco de Haze resonaba en el aire, apaciguaba los demonios que lo atormentaban. Poco a poco, y gracias al apoyo incondicional de todos, especialmente de Cola, el caparazón que protegía a ese niño comenzó a resquebrajarse. Las murallas que había erigido a su alrededor se desmoronaron. Por primera vez permitió que los sentimientos entraran y que las emociones salieran. Como por arte de magia, un esbozo de sonrisa empezó a dibujarse en su rostro.

Pero no era una sonrisa cualquiera. Era la mueca del lazarillo de Tormes, del buscón de Quevedo, del niño que había visto demasiado antes de tiempo. Un imberbe que no debería tener cicatrices en el alma y, sin embargo, ya acumulaba una docena. Esa mirada glauca, viva, que cambiaba con el sol y con las circunstancias, era la de alguien atento como una ardilla, como un roedor que siempre está alerta, vigilante de todo y de todos.

Fernando, entrenador de la vieja escuela, no tardó en encontrarle un apodo: Ardi. En un instante, Javi dejó de ser Javi. Ese mote fue un bautismo, un nuevo comienzo que borró su historia pasada, relegándola al olvido.

«Aquí vamos hacia delante. Desde ahora, solo importa el futuro. En este cuadrilátero, si piensas en el pasado, te llevas una hostia», solían decir Cola y Fernando.

Y aunque nadie sabía si lo decían por el boxeo o por la vida misma, tenían toda la razón: si sueñas con tiempos pasados, despiertas sin futuro.

Aquel chaval sin futuro, o con uno que parecía terriblemente oscuro, encontró la luz en aquel rincón del mundo. Ahora solo quedaba seguirla, sin dejarse deslumbrar en el camino. Todo tiene un precio, y allí lo pagaría con sacrificio, sudor y golpes.

Golpes que ya conocía, aunque ahora los encontraba dentro de las dieciséis cuerdas del cuadrilátero.

88

Y no paró. Saltó a la comba durante lo que le quedaba de infancia, toda su adolescencia y parte de su juventud. Javi, alias Ardi, brincó, brincó y brincó hasta que los médicos le dijeron: ¡Basta!

El tropezón definitivo llegó demasiado pronto para una estrella del boxeo que apenas empezaba a brillar. Lo tenía todo: era fuerte, inteligente, con experiencia contrastada y una fanaticada fiel que siempre llenaría las gradas. Entonces, o vendías entradas o tu carrera era breve. La falta de pago, sea por patrocinadores, televisiones y promotores honestos, te obligaba prácticamente a vender boletos en el metro.

Pero Ardi no tenía esos problemas. Sin embargo, en el boxeo no importa tanto cómo empieza tu carrera, sino cómo acaba. Y la de Javi terminó casi antes de despegar.

Las verdaderas esquinas no se demuestran en el *ring*, sino fuera de él. Y Ardi tenía la mejor. Fernando y Cola le acogieron como entrenador con tanto cariño como lo hicieron alguna vez como boxeador. El truco estaba en darle nuevos objetivos.

Ambos entrenadores se sorprendieron de cómo Javi asumió la noticia. Sabían que era un tipo duro, que había pasado las de Caín, pero el ejemplo de resiliencia que dio no tenía comparación. Parte de esa transformación positiva se debió a que permaneció bajo el paraguas de La Escuela, pero el camino era largo, y mantenerse en el sendero recto nunca es fácil.

Fernando y Cola estuvieron muy encima de él, soltándole responsabilidades poco a poco para que aprendiera los secretos del pugilismo desde otro ángulo. Saber tirar un directo de izquierda perfectamente es una cosa; explicarlo y transmitirlo, otra muy distinta. La docencia boxística es un arte en sí misma. Enseñar a pelear puede ser sencillo, pero formar boxeadores es algo por completo diferente.

No es lo mismo pelear que boxear. Todos los boxeadores son peleadores, pero no todos los peleadores son boxeadores. Pelear es algo que cualquiera puede hacer, bien o mal. Boxear, en cambio, es harina de otro costal. La pelea nace del instinto primario, de la agresividad intrínseca que todos llevamos dentro, unos más y otros menos. Es una reacción natural que aflora cuando estamos en peligro.

El boxeo es lo contrario. El pugilismo es puro control. Posiblemente no haya otro deporte donde el manejo de las emociones sea tan crucial. No solo se trata de controlar al rival, sino de controlarte a ti mismo. Muchos parecen ser boxeadores, pero si no dominan sus emociones, nunca lo serán. Serán peleadores que boxean, pero no representantes del noble arte.

Lo bueno del boxeo, y del deporte en general, es que lo que integras en la actividad física se refleja en tu vida diaria. Javi llegó siendo un niño dañado, descontrolado y sin rumbo. Poco a poco, las heridas cerraban, aprendió el control que exige el boxeo y encontró sus «faros en la niebla»: puertos seguros a los que dirigirse.

Le encomendaron las clases de los niños y los principiantes, sustituyendo a Cola, quien decidió dedicarse por completo a los competidores. Fernando, por su parte, era ya más un recuerdo en las paredes de La Escuela, con sus pósteres y fotografías, que una presencia diaria. Viajaba constantemente y casi había establecido su residencia en Palma de Mallorca, desde donde partía a divulgar cómo la educación y los deportes de contacto van de la mano.

Así que, el día que Necko apareció por la puerta de chapa preguntando por clases de boxeo, su futuro entrenador ya estaba más que preparado.

89

Román fue uno de los pioneros del *League of Legends*. De hecho, participó en el primer campeonato realizado en España. En 2012, se convirtió en uno de los finalistas. En esta competición por equipos, Román supo ganarse un lugar en el conjunto campeón, los Smart Peoples. Esta liga fue el origen de las que vendrían después, sentando unas bases tan sólidas que marcaron el camino del éxito global del LoL. Sin embargo, el equipo campeón no duró mucho. Poco después surgieron otros grupos de jugadores con una organización mucho más profesional, lo que permitió tejer una verdadera red de *players* con una repercusión masiva.

Los EA Sports crecían de forma proporcional a la expansión de internet en el mundo. Cada jugador de élite, en cualquier juego en línea, empezaba a convertirse en una celebridad. La mayoría aprovechaba las plataformas audiovisuales para crear tutoriales y contenido relacionado con los videojuegos, ganándose auténticas hordas de seguidores que los idolatraban. Lo que decían era ley para sus comunidades.

Sin embargo, con el tiempo, la popularidad de muchos de estos jugadores evolucionó. La mayoría acabaron transformándose en creadores de contenido, una figura que, a partir de la segunda década del siglo XXI, se convertiría en una pieza fundamental de la sociedad, especialmente entre los jóvenes. Para muchos niños y adolescentes, estos creadores se convirtieron en referentes absolutos, figuras que seguían a todas horas.

Román no fue la excepción. Con el paso de los años, acumuló millones de seguidores en todo el mundo. Llegó a tal punto de fama que incluso los gestos más insignificantes desataban vítores masivos.

¿Quién le iba a decir que aquellos días tristes y duros, encerrado en su cuarto oscuro de Carabanchel con su consola, creyendo que nadie lo quería, lo llevarían a convertirse en uno de los *influencers* más famosos del mundo?

A veces, las cosas no son como empiezan, sino como terminan. Y parece que Román, que un día estuvo solo, jamás volvería a estarlo.

90

Después de muchos cafés con Ardi en el Mauricio, Necko había comenzado a desarrollar un vínculo emocional con su entrenador. Suele ocurrir que la conexión entre púgil y *coach* aparece si ambos se lo toman en serio.

Las dudas de Necko sobre pelear en la velada de Ibai se disiparon en el momento en que se sintió arropado por Ardi. Solo el hecho de que su entrenador estuviera poniendo en riesgo su amistad con su jefe y amigo decía mucho de él. Ardi tenía claro que Necko necesitaba subirse al *ring*. No entendía del todo por qué, pero intuía que lo buscaba como un náufrago busca su tabla en medio del mar.

El desasosiego que arrastraba Necko se calmaba cuando se colocaba los guantes. La mejor anestesia era dar y recibir unos cuantos puñetazos a la semana. Como quien recibe golpes en los costados para mantenerse en el sendero.

Sin embargo, Ardi necesitaba entender el origen de esa inquietud. Después de muchas horas compartidas en el Mauricio, donde las conversaciones giraban en torno al boxeo, el fútbol u otros temas más triviales, había llegado la hora de que Necko hablara. Ardi estaba arriesgando mucho para que su alumno cumpliera su propósito, lo mínimo era saber la razón detrás de esa obsesión.

—¿Qué coño te pasa, tío?

Sin rodeos, Ardi soltó la pregunta.

—Nada, nada... ¿por qué lo dices? —respondió Necko, sorprendido.

—Voy a ser claro. Estoy arriesgando mucho con tu pelea en la velada de Ibai, pero necesito saber por qué estás tan obsesionado. Y no me digas que no pasa nada, porque si algo no soy, es gilipollas —dijo Ardi con un tono serio.

Necko se sintió atrapado. Sabía que, si no hablaba, se arriesgaba a perder a su entrenador.

—Yo vivía cerca de aquí, Ardi, a unos diez minutos. Cuando llegamos de Argentina, nos asentamos en Carabanchel Bajo, en el barrio del Tercio.

Ardi lo escuchaba atentamente, sin imaginar que Necko había vivido en su barrio.

—Nosotros, mi padre, mi madre, mi hermana y yo, tuvimos que salir de Argentina por problemas económicos. Allí no se podía vivir. No había trabajo, y el poco que había estaba mal pagado. Llegamos aquí con una mano delante y otra detrás.

—No tienes nada de acento, tío. Jamás habría pensado que eras argentino —dijo Ardi, sorprendido.

—Han pasado veinte años; he tenido tiempo de perderlo. Pero sí, vinimos con problemas... y aquí tuve más. Empecé a mitad de curso en un colegio pequeño del barrio, y desde el primer momento tuve problemas para adaptarme.

Necko comenzaba a soltar lo que llevaba tanto tiempo guardando.

—Sigue —dijo Ardi, sintiéndose cada vez más incómodo.

—Me encantaba el fútbol y se me daba muy bien. Pero desde aquellos años nunca volví a jugar.

—¿Por qué? ¿Qué te pasó?

—Tuve un pequeño altercado en el patio con un chico. Aquello se fue complicando con el tiempo, y al final nadie quería hablar conmigo. Me convertí en invisible para todos. Sentí un dolor difícil de apagar..., de hecho, creo que todavía no se ha apagado.

Las palabras de Necko eran como flechas que se clavaban en el corazón de Ardi.

—¿Cómo te llamas? Dime tu nombre.

Ardi gritaba en medio del Mauricio, con todos los comensales mirándolo. Sus ojos, llenos de lágrimas, reflejaban una mezcla de incredulidad y desesperación.

—¿Cómo te llamas, joder?

—Román, me llamo Román —respondió Necko, con la voz firme.

Ardi se calló de repente, con los ojos húmedos y un semblante serio. No podía articular palabra, sentía un vacío dentro que empezó a llenar en el mismo momento que pidió:

—Perdón..., perdón...

No podía creerlo. Su protegido, su alumno favorito, era una de las personas más dañadas por sus errores del pasado.

—Hey, tranquilo, tranquilo. Estás perdonado desde hace tiempo —dijo Román, pausado y enfático, intentando calmar a su entrenador.

—Viniste buscándome... —murmuró Ardi.

—No, no. Yo ya te había olvidado. Fue pura casualidad. Reconozco que esos hechos me siguen doliendo, pero no te recordaba a ti ni a nadie de aquel tiempo.

—Entonces, ¿por qué viniste aquí?

—Fue casualidad. Busqué gimnasios en internet, y este fue el que más me llamó la atención. Me hizo gracia que estuviera cerca del barrio donde viví. Era como un reto más.

—¿Y no te diste cuenta de que era yo?

—Al principio no. Pero un día oí a Cola llamarte Javier, y se me encendió una luz. Busqué fotos tuyas en el gimnasio y en Google. Y ahí estabas.

—¡Joder! ¿Y qué pensaste?

—Me dio vueltas la cabeza. Al principio pensé que habías vuelto para joderme la vida... pero me di cuenta de que te habías convertido en alguien distinto. Y, sin querer, empecé a perdonarte.

Ardi, aún afectado, dijo:

—Lo siento. Nunca quise hacerte tanto daño. No entendí lo que estaba haciendo hasta que me expulsaron

del colegio. Cuando supe que casi te tiras de la azotea...
no sabía dónde meterme.

—No hace falta que te disculpes más. Estás perdonado. Ahora lo importante es otra cosa, y lo sabes.

—Sí, convencer a Cola. Va a ser duro.

—¿Tanto odia la velada?

—No te lo imaginas. Odia todo lo relacionado con eso: odia a los *influencers*, odia La Velada del Año y odia a todos los entrenadores que se venden al evento para ganar seguidores. Los considera traidores. Pero ya veremos cómo lo logramos.

91

Los miles de visualizaciones que Necko acumulaba cada vez que explicaba un truco del juego o retransmitía una partida comenzaron a transformarse en millones. De ser uno de los mejores jugadores en la historia del League of Legends, pasó, casi sin darse cuenta, a convertirse en uno de los creadores de contenido más importantes del mundo.

El idioma español le permitió traspasar fronteras. Las de la península ibérica se quedaron pequeñas para este nuevo *influencer*. Y si además eras argentino, tu popularidad en Sudamérica se disparaba fácilmente. El crecimiento del League of Legends en tierras americanas fue directamente proporcional a la inmensa popularidad que Román iba ganando.

Con el paso de los años, los ingresos que recibía por las visitas y visualizaciones en sus canales crecieron exponencialmente. Llegó el momento de independizarse y decidió alquilar un chalet dentro de la misma urbanización donde vivían sus padres. Continuaba saliendo a correr y a pasear por la naturaleza, hacía deporte todos los días y llevaba una vida saludable. Todo parecía ir de maravilla, pero algo dentro de él no le permitía sentirse por completo feliz, como una herida que no cicatriza o una cima que, por más que asciendes, nunca logras alcanzar.

Román llevaba muchos años rodeado de pantallas y sentía que necesitaba algo diferente. Clamaba por un cambio en su vida, aunque desconocía cuál era el camino que debía tomar.

Nunca sabes cuándo el sonido de un timbre será el aviso de una transformación radical en tu existencia.

—¿Sí? Necko al habla.

—Hola, Necko, ¿cómo estás? Soy Ibai Llanos.

—¿Qué pasa, tío? ¿Cómo vas? Tenía ganas de conocerte —respondió Necko, entusiasmado.

Tras años dedicándose ambos al League of Legends, nunca habían coincidido en persona. Ibai había retransmitido muchas partidas de Román, pero jamás habían cruzado palabra. Incluso cuando ambos giraron hacia la creación de contenido, seguían siendo dos de los *influencers* más seguidos, aunque sus caminos no se habían cruzado.

—Tengo una proposición muy indecente para ti —dijo Ibai con tono burlesco.

—¿De esas que no se pueden rechazar? —respondió Necko, siguiéndole el juego.

—Ja, ja, ja. Exactamente, amigo.

—Cuéntame, que me tienes en ascuas.

Necko, intrigado, asumió que la propuesta estaba relacionada con el mundo de los videojuegos, el nexo que compartían.

—Quiero que pelees en La Velada del Año, en julio. Y no solo eso, quiero que seas el combate estelar.

Ibai soltó la propuesta como un golpe directo al estómago, sin anestesia.

—¡Pero si yo nunca he boxeado! Es más, ¡ni siquiera me he peleado con nadie!

—Lo sé, he hecho mis deberes. Eso es precisamente lo que quiero: que alguien que jamás haya practicado boxeo se prepare a fondo durante un año y no solo suba al *ring* a pelear, sino que protagonice el combate principal.

Esa llamada tuvo lugar poco después del evento en el estadio Metropolitano, La Velada del Año 3, que había roto todos los récords de audiencia a nivel mundial en *streaming*. Mantener ese nivel de éxito era un reto, y la participación de Necko era clave para ello. Un creador de contenido que nunca había boxeado sería el principal atractivo, enfrentándose en menos de un año a Misho, una de las estrellas de Ibai.

Misho merecía encabezar la cartelera. Un accidente en su hombro durante la edición anterior le obligó a abandonar un combate que tenía prácticamente ganado. Ahora, con más experiencia en el cuadrilátero que Necko, parecía tener todas las ventajas, y ese era el desafío.

Necko no se lo pensó demasiado. Si algo estaba buscando, Ibai acababa de ponérselo en bandeja, la pelota al pie. Necesitaba un nuevo reto, apagar el ruido interno que no le dejaba vivir en paz.

El guante había sido lanzado y recogido.

92

«La velada del año, la velada del año, la velada del año...»
Martilleaba en la cabeza de Ardi como un tambor.
¿Cómo demonios se lo contaban a Cola? ¿Podría ir directamente a Fernando y decírselo? No. Cola no se lo perdonaría jamás. Saltarme la jerarquía, ni de broma, pensó.

Ardi se había propuesto echarle una mano a Necko. Veía en ello una manera de ayudarle, de espantarle los demonios que lo perseguían y que en parte eran por su culpa. Creía firmemente que, subiéndose al *ring*, los fantasmas desaparecerían, al menos por un tiempo, como le pasó a él.

No es que Ardi fuera un experto en redes sociales ni un apasionado de los *influencers*, pero se consideraba un tío moderno, más o menos al día con lo que se movía. Cola, en cambio, no tanto. Y Fernando..., Fernando ya era del pleistoceno.

La Velada del Año era un evento organizado por uno de los generadores de contenido más importantes. Ibai Llanos, un creador de contenido surgido del universo League of Legends. Había sido uno de los *casters* (comentaristas que narran las partidas) más destacados, una pieza clave en el crecimiento de las competiciones. Incluso llegó a fundar uno de los equipos más competitivos de los torneos internacionales: KOI.

Todo eso fue antes de dedicarse por completo al *streaming* (retransmitir contenido en vivo por internet) y crear eventos de todo tipo, entre ellos, veladas de boxeo.

Ardi era consciente de la enorme repercusión mediática del espectáculo creado por Ibai, pero también sabía que el boxeo clásico estaba en contra de estas iniciativas. Y Cola era su mayor detractor.

Él estaba de acuerdo con este tipo de *shows*, no solo era cuestión de apoyar a su pupilo.

Javi, alias «el Ardilla», tenía claro que esto iba a traer problemas. Ahora su jefe era Cola, y sabía que este era terco como una mula. El simple hecho de mencionar el tema le haría perder los estribos.

Ardi había cometido errores antes, demasiados, pero esta vez no quería equivocarse. Quería hacerlo bien. Quería ayudar a Necko. Sentía que se lo debía; ya le había fallado una vez, y no podía permitirse hacerlo de nuevo.

Sin embargo, no sabía cómo manejar la situación. Solo había una persona que podría aconsejarle, pero hablar con él implicaba un riesgo. Si Cola se enteraba, esa amistad tan fuerte podría romperse para siempre.

A pesar de todo, el riesgo valía la pena. Se lo debía a su boxeador. Hablaría con Fernando.

Ninguna llamada telefónica le había costado tanto como esta. Era como si le arrancaran la piel a tiras. Marcó los números y esperó el tono de llamada. Sonó dos veces, y a la tercera oyó una voz.

—¿Dígame? —Era Gadea, la mujer de Fernando.

—Soy Ardi. Perdone por molestar. ¿Podría hablar con Fernando?

—¡Ardi, guapo! ¿Cómo estás?

Gadea era como una segunda madre para todos ellos. Cuando estaba en el gimnasio, era como si los arropara al irse a dormir.

Se les echaba mucho de menos en La Escuela, pero todos estaban contentos por su nueva vida en Mallorca. Después de tantos años de gimnasio, tantas manoplas y tantos boxeadores que entrenar, Fernando se había ganado el cielo. Y ese cielo estaba en Palma, junto a Gadea.

—Ahora lo tengo escribiendo en el despacho. En cuanto salga, le doy el aviso para que te llame.

—Gracias. Cuando pueda, de verdad, sin prisa.

Ardi había pasado el primer asalto sin intercambio de golpes. Ahora quedaba esperar el siguiente.

Media hora después, el iPhone comenzó a sonar. En la pantalla se leía claramente: «Fernando Entrenador»...

93

—Hola, Fernando, soy Ardi.

—Ya lo sé, canalla, me has llamado tú antes.

Ardi estaba tan nervioso que no sabía qué decir. Nunca había tenido mucha confianza con Fernando, y mucho menos le había pedido algo.

Siempre estuvo en su esquina junto a Cola en su carrera profesional, pero dejaba en manos de este todos los menesteres. Nunca llegó a tener demasiada confianza con él. Sabía que era buena persona; había ayudado a Cola a ser lo que era y jamás había engañado a nadie.

Fernando todavía tenía esa gracia de arrabal. Ya había pasado los sesenta años, pero nunca se había desconectado ni del barrio ni del boxeo.

Poseía una inteligencia emocional tan aguda que podía cambiar de tono y forma de expresarse según fuera su oyente. Pasaba de dar clases en la universidad más elitista de España a estar en el bar más castizo del barrio más bravo de Madrid sin inmutarse.

Ardi conservaba su deje arrabalero y Fernando, con su astucia, se puso a su altura rápidamente. Cuando dos hablan el mismo idioma, se entienden mejor.

—¿Qué te pasa, Javier? Para que tú me llames, tiene que ser algo serio.

Estaba claro que al dueño del gimnasio no se le pasaba nada por alto. Por lo nervioso que estaba el del otro lado del teléfono, algo ocurría. Y si no era grave, al menos preocupaba mucho a Ardi.

Un tono, una palabra, un pequeño gesto..., todo daba aroma a que algo ocurría.

—No es nada malo..., o eso creo —confesó Ardi, con miedo.

—Puede que no sea muy malo, pero te preocupa de cojones, demonio mío.

—Es Cola.

Fernando se sobresaltó.

—¿Le ha pasado algo?

—No, no, nada de eso.

—¡Coño! Suéltalo ya —se impacientó Fernando.

—Me preocupa que se enfade.

—¿Por qué se iba a enfadar?

En ese momento, Ardi cayó en la cuenta de algo que no se le había pasado por la cabeza: ¿estaría Fernando de acuerdo con este tipo de peleas? A ver si, sin darse cuenta, estaba echando más leña al fuego.

Ahora sí que se le llenó el culo de preguntas. Tal vez,

en lugar de intentar solucionar las cosas, acababa de empeorarlas.

Podría ser que el odio de Cola por estos eventos viniera de su antiguo entrenador. Ardi jamás había hablado con Cola sobre ello.

—¿Por qué se iba a mosquear, Javier?

Fernando lo llamó por su nombre por segunda vez. Se estaba inquietando de verdad.

—Tengo un dilema, Fernando. No sé qué hacer y te llamo para pedirte ayuda. No sabía a quién acudir.

—Dime.

—Me han propuesto entrenar a un *influencer* para La Velada del Año.

Lo soltó de un tirón, con más dolor que un parto.

Al otro lado del auricular se oyó una carcajada sincera.

—Ja, ja, ja. Y no te atreves a contárselo, ja, ja, ja.

Fernando se partía de risa desde su Mallorca.

—Con la iglesia hemos topado.

Sabía que Cola no soportaba a este tipo de gente; le sacaban de quicio. Los consideraba unos maleducados, y su experiencia con ellos había sido desastrosa.

Un día, un grupo de *squad* —término de los generadores de contenido que hace referencia a un grupo de creadores de contenido que colaboran entre sí y se apoyan en redes sociales— se puso en contacto con Cola. Llegaron al gimnasio con una hora de retraso. Mal empezamos.

Para colmo, tuvieron la brillante idea de explicarle que querían pelear entre ellos.

Cola, con paciencia, les explicó que el boxeo no funcionaba así, que había que entrenar, prepararse y probarse poco a poco.

—No entiendes lo que te quiero decir. Nosotros venimos aquí a pegarnos, que nos graben y lo colgamos en internet. Tú, si quieres, nos arbitras y nos diriges un poco.

Uno de ellos lo soltó con una soberbia y una falta de respeto que colmaron la paciencia de Cola.

El bofetón se oyó hasta en la Puerta del Sol.

El famoso *influencer* cayó de culo y barrió con su espalda buena parte de la sala.

Los demás se quedaron estupefactos y, a la voz de: «¡Iros a tomar por culo de aquí, gilipollas!», salieron corriendo, subiéndose a sus coches de lujo, cedidos por marcas elitistas que no se veían por el barrio ni en las revistas del quiosco.

Estaba claro que Cola tenía la mecha corta y que los jóvenes de hoy en día eran prisioneros de la inmediatez. Pero él tenía el antídoto: por muy buen plan que tengas y por muy rápido que lo quieras hacer, una buena hostia a tiempo te calma y te coloca.

—Así que juntar a Cola con esta gente es como querer juntar agua con aceite —afirmó Fernando, ya más serio.

—Pero tengo que hacerlo, me siento obligado. No puedo fallarle.

Ardi sonaba triste.

—Yo no puedo contestar por él, Javier. Sé que me llamas para ver si puedo convencerlo, pero yo no soy quien tiene que hacerlo. Tienes que ser tú.

Hizo una pausa antes de continuar.

—Te has comprometido con este chico. Tienes que coger el toro por los cuernos y hablar con Cola. Cuéntale lo que necesitas tú, porque parece que a ti te hace más falta que a él.

—Lo haré, Fer. Muchas gracias.

—Dialoga con él, no te enfrentes. Ve dando rodeos. Si vas demasiado de frente, Cola se enroca. A veces, para convencer a alguien, hay que dar un paso atrás para coger carrerilla. Esto va a ser como un combate de boxeo: poco a poco, asalto a asalto. Las prisas matan, y en el boxeo, antes todavía.

Fernando intentaba echar una mano al pobre Ardi.

—Lo haré. Seguiré tus consejos. Muchas gracias, Fernando. No quiero molestarte más.

—Tú no me molestas nunca. Quiero que me vayas contando todo e intentaré echarte una mano en lo que pueda.

Hizo una pausa, y luego concluyó con seriedad:

—Pero si alguien tiene que convencerlo y ganar este combate antes de subir al *ring*, es Javier, alias «Ardi».

Fernando sabía que esto iba a dar muchas vueltas y no quería perderse ninguna.

94

Cuando el «no» ya lo tienes, se dice que no tienes nada que perder. Pero si no estás dispuesto a un «no», lo tienes todo perdido.

Así se encontraba Ardi camino del Mauricio, donde había quedado con Cola para hablar. Nunca se le había hecho tan largo el trecho del Paseo de Extremadura que separaba La Escuela del bar. Más que un andar pausado, llevaba unos pasos tristes, de esos que se arrastran, los que no quieren llegar a su destino.

Abrió la puerta.

—Hola, ¿qué tal?

Ese era el saludo estándar a los camareros del local hostelero. Así empezó saludando Fernando, y fue pasando de generación en generación pugilística.

En la mesa de la esquina derecha, pegada a la puerta del baño, lo más alejado de la barra, estaba el punto de reunión. Allí se escribieron libros, se negociaron campeonatos del mundo, se cerraron acuerdos televisivos... El día que hablara ese rincón del Mauricio, se podrían escribir varias novelas.

Cola estaba allí, con un cortado con leche fría entre las manos.

—¿Qué pasa, tío? Me has preocupado. Estabas muy serio por teléfono.

Rápidamente, Ardi desenvainó:

—Es que es serio lo que te voy a pedir.

Con cara de tanatorio, Cola replicó:

—¿Pasa algo? ¿Tus padres? ¡Dime, coño! —se apuraba.

—Es Necko.

—¡Joder! Me habías asustado. ¿Qué le pasa al pijo de las maquinitas?

La cosa se complicaba. Estaba claro que Necko no era del agrado de Cola. Vamos, que le caía como el culo. Un creador de contenido de la sierra de Madrid, que venía a entrenar al arrabal para sentirse más machito... Eso pensaba fervientemente Cola.

—Quiere pelear, Cola.

—Una cosa es lo que quiera y otra lo que pueda. No se lo cree ni borracho.

La tensión empezaba a mascarse en el ambiente.

—Le han llamado para la velada de Ibai.

—¡Ahhh! Muy bien, pues que se busque otro gimnasio. Yo conozco unos cuantos que le acogerán de muy buena mano. Le meto un toque a Tinín, que se le dan muy bien estos tipos.

—Quiere que le entrenemos nosotros. Lleva seis meses entrenando a *full*, se lo está tomando muy en serio.

—Me la pela cómo se lo esté tomando. Yo no participo en estos circos. ¿Quién coño se creen estos? Esto no es la PlayStation, aquí las hostias son de verdad.

—Está guanteando muy bien con los compañeros. Es fuerte, aguanta, no se arruga cuando le pegan. Es muy bravo.

—Pues que sea bravo con los marcianitos de las máquinas esas a las que juega. Nosotros no entrenamos paripés.

—¡Joder, Cola! Eres un puto cabezón.

Ardi se alteraba. Esto se calentaba. La gente del Mauricio miraba de soslayo. La situación se crispaba.

—Cabezones ellos, que se emperran en ser algo que no serán en la vida. ¿Cómo quieren ser boxeadores en seis meses? Es una falta de respeto al boxeo y a los peleadores.

—Pues yo no lo veo así.

Se calmaba la cosa. Bajaron un poco el tono. Ardi, que ya sabía manejar estas situaciones —demasiadas vividas con Cola—, sabía que debía evitar el primer envite. La impulsividad de su entrenador era conocida más allá de las fronteras. Recordaba los consejos de negociación recibidos de Fernando: había que esperar los últimos asaltos. Así que fue a desgastarle.

—OK. Ahora dame una explicación de por qué no pueden pelear, por qué no podemos entrenarles. Dame una argumentación coherente. No quiero un berrido, dame razones que pueda entender.

Ardi lo miraba a los ojos. Había pasado el primer intercambio de golpes. Ahora tocaba boxear..., perdón, negociar.

—Te lo voy a explicar clarito.

Cola se puso serio. Juntó los dedos pulgar e índice de cada mano, formando un triángulo pegado a su cuerpo, como cuando explicaba algo que requería atención de los demás y concentración de él mismo.

—Javi, parece mentira que un exboxeador como tú, que estuviste tantos años peleando por un sueño y dejándote la vida en ello, pueda estar a favor de estos circos. Porque eso es exactamente lo que es: un espectáculo donde lo deportivo brilla por su ausencia. Son como monos de feria que se suben al *ring* para hacer las gracias al público, a cambio de migajas. En este caso, la popularidad. Les da igual hacer eso que subirse a un edificio para arriesgar su vida en la azotea por la foto del día para sus redes sociales.

Cola seguía con su monólogo.

—Deportivamente no tiene razón de ser. Chavales que entrenan seis meses... el que los entrena, porque hay casos que los cogen al vuelo sin tener ni puta idea.

»El boxeo es muy peligroso. No es lo mismo entrenar en el gimnasio y jugar al "tocadito" que subirte a un cuadrilátero y pegarte hasta la extenuación.

»Sí, sé lo que me vas a decir: que son guantes grandes y que el árbitro controla el combate y demás... Y yo te digo que unos cojones.

»Que sí, que llevan guantes grandes, no te digo que no. Pero que el árbitro controla... ¡y una mierda! Con sesenta mil personas berreando en un campo de fútbol, allí todo el mundo da el cien por cien.

»Yo he visto accidentes muy graves con guantes grandes. Sí, se minimiza el riesgo, pero haberlos, *haylos*.

»El día que ocurra algo en un evento de estos, el que lo va a pagar, y muy caro, es el boxeo. Ellos saldrán corriendo de aquí y nosotros nos quedaremos con el cadáver.

»Aparte, la injusticia a nivel deportivo. Tú y muchos como tú, tantos años trabajando y dejándoos la salud, para que luego vengan cuatro mataos, que lo único que han hecho en su vida es matar marcianitos en un televisor, y os quiten la gloria.

»Es injusto, Ardi. Muy injusto. No os merecéis esto. No nos merecemos esto. Que se rían y se aprovechen de nuestro deporte sin dar nada a cambio.

Terminó Cola su exposición.

Ardi se estaba quedando sin argumentos serios. Tenía un plan trazado, pero ante la exposición de su entrenador, se le estaban cayendo todos los palos del sombrajo.

Cola era muy impulsivo, sí, no cabía duda. Pero cuando se calmaba y reflexionaba, exponía argumentos contundentes.

El guante estaba lanzado. La respuesta debía tener pegada.

Ardi empezó su alegato:

—No puedo rebatir tus razones. Pero creo que debemos tener una mirada más extensa, periférica, diría yo.

»Cada vez que hay una velada de este tipo, el teléfono arde con gente queriendo apuntarse al gimnasio.

Como razón, me parece contundente: los gimnasios se llenan, sean de boxeo competitivo o recreativo.

»Estos eventos están haciendo crecer el noble arte a niveles inimaginables. ¿Cuántas veces lo hemos hablado en esos viajes a Francia? Que el boxeo tenía que crecer, que no era normal que yo tuviera que irme a otro país para pelear. Pues eso está cambiando.

»Hay muchos niños que se apuntan y quieren competir. Eso lo está provocando este *show*.

Cola frunció el ceño. Algo le hacía pensar. Pero aún quedaba pelea. Ardi continuaba con su alegato.

—Todo esto con respecto al boxeo exclusivamente. Ahora, hablemos del deporte en general. ¿No nos ha enseñado Fernando que tenemos que divulgar el deporte? ¿No estamos de acuerdo en que la actividad física es el mejor vehículo para transformar personalidades en positivo? Todo esto nos lo ha enseñado el jefe y estamos de acuerdo, ¿no?

Cola seguía callado, impresionado tanto por los argumentos de Javi como por la forma en que los expresaba. Parecía un clon de él mismo, al igual que él lo era de Fernando. Pensaba que tres que pelean en el mismo colchón son de la misma condición.

—Y, Cola, no hay nada más divulgativo que llenar dos estadios de fútbol, como el del Atleti y el del Madrid, y que lo vean por *streaming* más de ocho millones de personas en todo el mundo.

Dos razones de peso y un argumento impecable por parte de Ardi pusieron en apuros a Cola, pero este era duro de pelar y se revolvería como gato panza arriba.

—¿Y lo de aprovecharse del boxeo, qué? Les damos todo y ellos no devuelven nada. ¿Dónde están las ayudas para los boxeadores de verdad? Si ganan tanto dinero, que lo repartan.

»Porque tienen muy mal en compararse; en Estados Unidos e Inglaterra, este tipo de eventos se organizan para ayudar a otros boxeadores. Allí, o bien crean sus propias promotoras, donde organizan espectáculos exclusivamente para boxeadores profesionales, o bien los incluyen en la misma velada en la que pelean los *influencers*. Ambas opciones están bien, porque reparten parte de lo generado. Todo lo que se salga de ahí es, sencillamente, injusto.

El intercambio de golpes se le complicaba a Ardi.

—Yo quiero hacerlo, Cola. Quiero entrenar a Necko.

—Pues entrénale lo que haga falta, y cuando se convierta en boxeador, peleará. Pero no vamos a subir a un *ring* a un muñeco que no sepa tirar una derecha después de una izquierda.

Llegaba ya la hora de abrir el gimnasio, y el primer asalto se lo llevaba claramente Cola al bolsillo. Javi, muy triste y con una gran desazón, sacó el móvil para pagar los cafés del Mauricio.

95

Ardi no sabía qué hacer. Había perdido la primera negociación y realmente no tenía idea de cómo convencer a Cola de que debían ayudar a Necko en este trance.

Se lo había propuesto; no podía dejarlo solo. Se lo debía. Javi tenía claro que sus errores de la infancia habían marcado de por vida a su púgil y que debía hacer lo indecible para redimirse y mitigar, en la medida de lo posible, el daño causado.

No podía traicionar a Cola, alguien que siempre había dado la cara por él, casi como un segundo padre. No podía entrenar a Román a escondidas, ni irse a otro gimnasio a dirigirlo. Estaba desesperado, lo sufría en silencio..., y de qué manera.

Justicia poética, dirían algunos. Todo el mal que haces en algún momento de tu vida, tarde o temprano, regresa para ajustar cuentas. Ahora estaba pagando por ello. El peso de su culpa era insoportable.

Hablaría con Necko a ver si entre los dos podían encontrar una solución.

Como siempre, el Mauricio fue testigo de la conversación:

—Te veo jodido, Ardi.

—No te voy a engañar, lo estoy. No he podido convencer a Cola. Sigue en sus trece, ni hablar de veladitas del año. Que me las meta por el culo, dicho mal y pronto.

—No pasa nada, tío. Ya me buscaré la vida. Lo he hecho siempre y me tocará seguir haciéndolo —contestó Román, con resignación.

—No, no, no. Nos buscaremos la vida —lo corrigió rápidamente Ardi.

—No quiero comprometerte a ti ni tu amistad con Cola, ni arriesgar tu trabajo.

—Aquí tú no vas a comprometer a nadie ni a arriesgar nada. Lo que haga, lo haré porque quiero y asumiré las consecuencias.

—Es que no tienes por qué hacerlo. Es un asunto mío. ¿Cómo se llamaba el colega de Cola que entrena a los *influencers*? Me voy con él y así no te comprometo.

—Ni de coña. Tú y yo empezamos esto juntos y lo vamos a terminar juntos.

—Dices que Cola es cabezón y testarudo, pero tú no le vas en zaga —respondió Román, resoplando.

—No te voy a dejar ni con Tinín ni con nadie. Empezamos juntos y acabaremos juntos. Te lo debo, joder —insistió Javi, alterándose.

—No me debes nada, hostias. Yo no vine aquí por eso, ya te lo dije. La vida nos ha vuelto a juntar, pero eso no significa nada. Si se puede, se puede, y si no, pues a caminar. No quiero que te enfrentes a nadie por mí, pensando que lo haces por obligación. ¡No te lo voy a permitir!

Román lo decía de corazón. Veía que Ardi se sentía en deuda con él.

—Yo haré lo que me salga de la punta de los cojones. Y nada ni nadie me va a decir lo que tengo o no tengo que hacer —soltó Ardi, cada vez más molesto. La conversación, sumada a la frustración de no haber podido convencer a Cola, lo estaba desesperando.

Román, intuyendo que la situación podía escalar, rebajó el tono e intentó calmarlo.

—Vale, vale..., tranquilo. Pero ¿cómo lo vamos a hacer?

—No lo sé... —Javi se pasó las manos por la cabeza y se apoyó en la mesa.

—¿Hablaste con Fernando? ¿Qué te dijo?

—Que negociara con él, que lo tomara como un combate. Que empezara despacio, como cansándolo, dando pasos atrás para luego contraatacar. Pero no sé cómo hacerlo, Román. Te lo juro, no sé cómo hacerlo.

—Tú siempre me dices que todos necesitamos una esquina. Yo te tengo a ti ahora, ¿cuál es la tuya?

—Siempre ha sido Cola.

—Ahora no es exactamente él. ¿Quién es el que mejor lo conoce? ¿Quién te está aconsejando en esta batalla?

—¡Coño! Fernando.

—Yo hablaría con él otra vez. Tienes que contarle

cómo está la situación y hasta dónde estás dispuesto a llegar. Él os conoce a los dos y, si alguien puede mediar en esto, es él. Ahora él es tu esquina. No le quedaba otra. Tendría que llamar al jefe supremo, el que mejor conocía a todos. No le apetecía hacerlo una segunda vez, primero por no molestar y, segundo, porque seguía sintiendo que de alguna manera traicionaba a Cola. Pero no tenía otra opción.

La desesperación lo consumía, así que finalmente descolgó el teléfono...

96

—No has conseguido nada, ¿verdad?

Fernando formuló la pregunta en un tono casi afirmativo. Si Ardi hubiera sacado algo en claro, no le habría llamado de vuelta; simplemente, por vergüenza y respeto, habría evitado molestarle otra vez.

Sabía que no iba a ser fácil derribar las murallas defensivas que Cola tenía tan arraigadas. Fernando siempre intentaba mediar en cualquier conflicto que atormentara a su amigo, pero en estos casos, el problema no eran solo los chavales que llegaban al gimnasio con aires de campeones del mundo y coches de lujo. Hubo algún que otro encontronazo que, en realidad, afectó más a Fernando que al propio Cola. Si algo molestaba a su entrenador, a él le dolía el triple.

Uno de esos episodios ocurrió en Barcelona, cuando Fernando estaba trabajando en un programa de televisión. Cola quiso acompañarle. No es que le entusiasmara el mundo audiovisual, pero echaba de menos a su entrenador y cualquier excusa era buena para pasar tiempo juntos.

El programa en cuestión era de supervivencia, y Fernando participaba como tertuliano una vez a la semana. En el panel de expertos debatían exdeportistas consagrados y exconcursantes de otras ediciones. A ellos se sumaban dos *influencers* encargados de las redes sociales, conocidos por un programa de entrevistas con una gran audiencia.

Al salir de la grabación, Fernando se acercó a los *influencers* con educación. Cola iba con él. Les comentó que acababa de publicar un libro con un enfoque educativo y les pidió una ayuda con la promoción.

Los dos le miraron con aire despectivo, como quien se siente por encima de todo y de todos. Y solo se les ocurrió responder: «Pues ponte a la cola».

Fernando, que ya tenía mucha experiencia y había vivido de todo, se quedó sorprendido. Incluso ofendido. No dijo nada, pero su escudero sí. Cola lo vio, lo sintió. Captó el mal rato que le habían hecho pasar a su mentor. Y claro, la paciencia nunca fue su fuerte.

Se giró con la impulsividad que le caracterizaba, fue directo hacia los dos maleducados y...

«¡A la cola se va a poner tu puta madre, payaso!»

Entre el desprecio con el que trataron a Fernando y que lo de «cola» lo tomó como un insulto personal, la situación estuvo a punto de estallar. Menos mal que Fernando y Jaime Nava, el capitán de la selección de rugby, estaban allí para frenarlo. De lo contrario, el bofetón se habría oído desde Sant Cugat hasta la Sagrada Familia.

A Cola le tocabas un acorde y te cantaba todo el repertorio, y con este tipo de gente le encantaba bailar. Si a eso le sumabas la cantidad de actores, cantantes y demás personajes que pasaban por La Escuela pidiendo entrenar gratis a cambio de alguna publicación en redes, la paciencia de Cola desaparecía por completo.

«¡¿Qué coño se creen?! ¿Que con una foto voy a comer? ¡Estoy hasta los huevos de que se rían de nuestro trabajo!»

Estaba claro que Fernando y Cola se habían quedado un poco anclados en el pasado. Fernando, un poco menos; aunque era mayor, siempre quiso evolucionar con los tiempos y se interesaba por lo nuevo. Cola, en cambio, era distinto. Le gustaba estar en el gimnasio y recorrer velada tras velada sacando boxeadores.

Hace millones de años cayó un meteorito y acabó con los dinosaurios. Hace treinta, cayó otro, Internet, y deberían haber desaparecido los que quedaban. Pero algunos sobrevivieron.

Con estos antecedentes, hacerle cambiar de opinión a Cola iba a ser complicado. Por no decir imposible.

—Nada, Fernando. No hay quien le convenza.

Fernando se puso serio.

—Ahora te voy a preguntar a ti, y quiero que me seas muy sincero.

—Dime.

—¿Qué pasa con Necko? ¿Por qué tanto interés? No

creo que te gusten tanto los *eSports* como para enemistarte con tu amigo. ¿Qué ocurre, Javier?

Ardi no sabía dónde meterse. Fernando le había acorralado contra las cuerdas. No tenía salida. Sabía que tenía que contárselo. Por mucho que le avergonzara, su jefe había olido algo y no iba a soltar la presa.

—Bueno... No sé... Es que...

—¡Suéltalo, coño!

Y lo soltó.

Fernando escuchaba atentamente mientras Ardi narraba la historia con todo lujo de detalles. Al otro lado del teléfono se podía sentir su emoción. Estaba roto de dolor. Nunca lo había expresado así. Nunca había sentido tan profundo el peso de aquello. Desde que Román se había sincerado con él, no lo había hablado con nadie. Lo llevaba dentro y explotó delante del teléfono.

Fernando, que de estas cosas sabía un rato, le dejó sacar todo lo que llevaba dentro. Para él, aquella historia no era nada nuevo. Había escuchado demasiados relatos similares en su gimnasio. Pero lo que sí era nuevo era ver a Ardi así.

Ni cuando le dijeron que no podría volver a boxear. Ni cuando perdió combates por decisiones injustas. Nunca lo había sentido tan destrozado.

Fernando estaba a muchos kilómetros de distancia, pero lo sentía cerca. Ojalá estuviera allí para abrazarlo y calmarlo.

Le dejó romperse. Llorar. Limpiarse. Porque no hay mejor agua para lavar las heridas que las lágrimas.

Ardi contaba su historia con Román. Intentaba disculparse a cada frase. Se le rasgaban las entrañas palabra a palabra.

Fernando no le interrumpió.

Entonces, con mucha seriedad, le preguntó:

—¿Le has contado todo esto a Cola?

—Por supuesto que no.

—¿Y por qué no?

—Yo a Cola nunca le he contado nada de mi pasado. Lo que tuviera que saber, lo supo por mi padre. El primer día que entré en el gimnasio, me dijo que ahí empezaba mi nueva vida. Que, entre esas cuatro paredes, el pasado no importaba. Que de ahí en adelante solo valía el hoy y el mañana. Y yo le hice caso. Le sigo haciendo caso, Fernando.

—Sí, todo eso está muy bien. Yo mismo le dije lo mismo cuando entró en el gimnasio. Pero la vida no es blanca o negra. Hay muchos grises, y tú te acabas de chocar con uno.

—No te entiendo.

—Cuéntaselo a Cola.

—Pero...

—¡Ni peros ni nada! ¡Cuéntaselo ya!

—OK. Lo haré.

—Pues estás tardando. Te mando un abrazote enorme.

Fernando colgó. Y en su rostro serio apareció una media sonrisa.

97

El segundo asalto estaba a punto de comenzar. Ahora Ardi sabía lo que tenía que hacer, pero no porque confiara en que funcionaría, sino porque su esquina se lo había aconsejado. Había sentido seguridad en las palabras de Fernando, como cuando te dicen que tires el recto de izquierda, y lo haces, aunque no estés seguro de que vaya a entrar.

La confianza en tu rincón tiene que ser ciega, y si no, mejor no tenerlo. Ardi confiaba en las indicaciones, se fiaba de esos tonos grises que le habían guiado.

«La vida no es blanco o negro, hay grises.» Ese pensamiento que Fernando le había transmitido le retumbaba en la cabeza.

A ver cómo le entraba a Cola. Este ya estaba demasiado a la defensiva; el segundo *round* iba a ser intenso.

«¿Pero quién dijo miedo?», se repetía Ardi.

Esta vez no quería ir a ningún bar ni a ningún sitio con gente. Quería hablar con su entrenador, con su mentor, a solas. Y no había mejor lugar que donde todo comenzó: el banco frente a La Escuela, donde Cola le mandó entrar por primera vez en el gimnasio, coger unas vendas y una comba, y empezar a saltar.

El mismo sitio donde Cola se quedó hablando con su padre y donde todo empezó a cambiar. Pero allí faltaba una conversación. Una que, diecisiete años atrás, no tenía sentido, pero ahora sí.

Javi sabía que su padre le había contado poco sobre la gravedad del asunto. Se lo hubiera olido; por algo le llamaban Ardi.

Quedaron una hora antes de que abrieran el gimnasio. No quería testigos.

—Aquí empezó todo —dijo Cola cuando llegó Javi. Este llevaba un buen rato leyendo al sol del mediodía, que bañaba la calle Hilario Sangrador y era un chute de vitamina D.

—Tengo que hablar contigo.

—Otra vez. Últimamente quieres hablar mucho a solas conmigo —rio Cola. Estaba de buen humor. Ardi esperaba que estuviera de patas, con la guardia arriba.

—Esto es serio.

—No te pongas profundo, que no te pega.

—Es Román.

—¡Otra vez! ¿Pero no habíamos zanjado este problema? Estás muy pesado.

—¡Lo siento! No voy a dejarlo tirado.

—Pero si lo conoces de dos días, a ese pijo de mierda. ¿No te habrás enamorado?

—No me jodas, Cola, que esto es serio.

Y Cola se puso serio. Le cambió la cara como a Gollum de *El Señor de los Anillos*: pasó en milésimas de segundo de una risotada a una preocupación profunda, sin transición.

—¡Vomita! —ordenó tajante.

Javier empezó a contarle la historia, pero no de la misma manera que a Fernando. Esta vez se remontó más atrás en el tiempo.

Le habló de su casa en el Tercio Terol, donde vivía de niño, de los episodios violentos entre sus padres, de su hermano y de él. Le contó cosas del colegio —el mismo al que Cola había ido años antes— y cómo conoció a Román.

Cola iba cambiando de expresión, viajando con el relato.

Ardi le narró los episodios violentos con sus compañeros y cómo, al final, le expulsaron por casi haber provocado el suicidio de Román.

Blanca como la nieve se le fue quedando la cara al bueno de Cola. No tenía ni idea de la verdadera razón por la que su padre, el Piñas, le llevó al gimnasio. Algo le había dicho sobre su expulsión y que había acosado a algunos chicos.

Todo esto le llevó a su propio colegio, cuarenta años antes, y a la misma situación. No se lo podía creer. La historia se repetía. Parecía una película de terror mezclada con *El día de la marmota*.

Todo volvía. Sufrimiento, tanto dolor, tanto sinsentido.

Cola había pasado por algo similar. No en las mismas circunstancias, pero sí muy parecidas. Él no usaba el silencio y el vacío como arma. Cola siempre había tenido la mano más larga. Usaba la violencia para reafirmarse. Un TDAH diagnosticado demasiado tarde pudo haberle llevado por el camino de la amargura.

En un barrio bravo donde, o quitabas el bocadillo o te lo quitaban, y donde imperaba la ley del más fuerte, que tu cabeza fuera a otra velocidad que la de los demás solo podía significar una cosa: que todo acabaría mal y así fue. Hizo mucho daño a mucha gente. Y uno de sus compañeros casi hizo lo mismo que Román: apagar el ruido, acabar con el dolor por la vía rápida.

Ardi miraba a Cola y no entendía nada. Le vio muy nervioso, emocionado. Le temblaban la pierna y el labio, como a alguien que necesita correr y no parar.

No sabía qué estaba ocurriendo. Y entonces Cola lo abrazó con todas sus fuerzas.

No sabía cuánto tiempo estuvo así, abrazado a su púgil. Porque siempre sería su boxeador, aunque no volviera a subir a un *ring*. Siempre estaría allí para ayudarle.

—Lo haremos, hermanito. Ayudaremos a Román. Cuenta con ello.

Ardi no sabía qué había pasado allí. No tenía ni la más remota idea.

Cola no dijo nada. Se separó de él, sacó las llaves del gimnasio, recorrió los treinta metros que separaban el banco de la puerta de chapa y abrió el planeta metido en un garaje que era La Escuela, con sus historias buenas y con sus historias peores.

98

Todo el Santiago Bernabéu estaba en pie, y el ruido era ensordecedor. Era la última pelea de la noche, y sin duda, la mejor de todas. ¡Vaya tres asaltos que nos dieron! Necko y Misho se encontraban en medio del *ring*, con apenas treinta segundos restantes para llegar al final del camino.

Pero este trayecto no comenzó en el Paseo de la Castellana; empezó mucho tiempo atrás.

Para Misho, un joven que llegó de Bulgaria en su adolescencia y que rápidamente se hizo un hueco entre los *influencers* del mundo, la moda y las zapatillas eran su especialidad. Sin embargo, buscaba nuevos retos físicos y mentales que le aportaran crecimiento personal, y estaba convencido de que en el boxeo los encontraría.

Necko, por su parte, tenía una deuda pendiente

consigo mismo, algo que necesitaba resolver de una vez por todas.

Y allí estaban los dos: cara a cara, dolidos y castigados, buscando su gloria, tratando de calmar su necesidad.

No se rendirían. La pelea estaba igualada; cualquier golpe contundente podía inclinar la balanza. Había sido un combate frenético, con un asalto parejo y una caída a la lona de cada uno. Ahora, en los últimos treinta segundos, se decidiría todo.

Estaban destrozados, sacando fuerzas de donde no las había.

Misho estaba convencido de que Necko no podía más, que apenas le quedaba energía para un último ataque. Si su rival caía otra vez, sería difícil que se levantara. Así que decidió jugársela. Había aprendido la lección de su caída anterior: un golpe al aire le costó caro. Esta vez, en lugar de un gancho horizontal, apostaría por un *uppercut*, ese mismo golpe que le había dado mucho rédito en la caída de Necko. Si fallaba, al menos no se desequilibraría.

Se lanzó a por Necko, preparando el golpe. Pero un *uppercut* tiene su riesgo: para lanzarlo, hay que bajar la mano antes de subir con fuerza.

Y ese riesgo tuvo un precio. Necko, casi sin ver, lanzó una derecha recta en el preciso instante en que Misho subía el *uppercut*. El impacto fue brutal. Misho cayó de culo en la lona.

La cuenta de protección comenzó:

1... 2... 3... 4...

Quedaban pocos segundos, tanto en la cuenta como en el combate.

Misho se levantó rápidamente, levantando las manos para indicar que estaba bien. Apenas quedaban veinte segundos y ahora Necko tenía una ligera ventaja.

Los dos boxeadores volvieron al centro del cuadrilátero, cabeza con cabeza, lanzando golpes en todas las direcciones. Ya no había técnica, solo instinto. La gente enloquecía. Todos de pie. Los entrenadores estaban desencajados.

Cinco segundos para el final.

Y entonces... Necko cayó.

Se desplomó hacia delante, como si se hubiera desmayado.

El Bernabéu enmudeció.

Había sido una lluvia de golpes frenéticos, y en medio de esa locura nadie sabía si Román se había ido a la lona por un impacto o simplemente por puro agotamiento.

El árbitro inició la cuenta de protección:

1... 2... 3...

Necko seguía tumbado, boca abajo, sin moverse.

La campana sonó, pero el combate no había terminado. Una cuenta de protección en curso tiene prioridad sobre la campana. Todo dependía del árbitro.

Y entonces, como si fuera un milagro, Necko se incorporó de un salto.

4... 5... 6... 7... 8...

—¿Estás bien? —preguntó el árbitro, tratando de hacerse oír entre el rugido del público.

La grada estalló con su resurrección.

A la cuenta de ocho, el reglamento exige que el boxeador responda, mantenga una postura estable y levante las manos en señal de que puede continuar.

Román lo hizo sin titubeos. Asintió al árbitro y, con una sonrisa, le guiñó un ojo.

El árbitro dio la señal de que podía seguir, y la campana sonó de nuevo. Esta vez, sí, marcando el final del combate.

Los dos boxeadores se abrazaron con sinceridad, con ese respeto mutuo que solo entienden quienes han compartido un *ring* y se han jugado todo en él.

La gente estaba fuera de sí. Habían presenciado una auténtica guerra.

Pero si alguien estaba más emocionado que el resto era Ardi.

Ya estaba sobre el entarimado, en la esquina junto a Cola. No necesitaban hablar; con una sola mirada se dijeron todo. Era una mezcla de incredulidad y admiración por lo que acababan de vivir.

Román se separó de Misho y buscó con la mirada a su entrenador. Lo encontró enseguida y, sin dudarlo, corrió hacia él para lanzarse a sus brazos.

—¡Gracias! —gritó con todas sus fuerzas.

Ardi, con los ojos llenos de lágrimas, apenas pudo susurrar:

—Perdón... perdón... perdón...

—Tú ya estás perdonado desde hace mucho tiempo. Me quitaste casi todo, pero ahora me lo has devuelto con creces —respondió Román, también entre lágrimas.

—Creí que no te levantabas... —susurró Cola cuando fue a felicitarlo.

Román sonrió.

—Profe, había que dar espectáculo.

Por primera vez en la noche, Cola sonrió sobre el *ring* del Bernabéu.

Pero aún faltaba el veredicto.

El estadio guardó silencio.

Los jueces deliberaban. En el fondo, parecía que no solo ellos decidían; el público y los entrenadores ya tenían su veredicto.

No merecía perder ninguno.

—¡Combate nulo!

Empate.

El Bernabéu rugió.

—Vaya combatazo... —comentó Ardi, todavía impactado.

Cola, con su sonrisa y su ironía intactas, respondió:

—Ya sabes, querido Javier... Dos boxeadores malos siempre hacen un buen combate.

Y soltó una carcajada.

99

La gente no quería irse del estadio. El carrusel de emociones había sido tal que todos necesitaban drenarlo. Cualquier persona que hubiera presenciado el combate estaba extasiada; podía gustarte más o menos el boxeo, pero batallas así se ven pocas veces. Y el conflicto, nos guste o no, es inherente al ser humano y nos atrapa.

Sin embargo, había dos personas que seguían sentadas en el palco de honor del Bernabéu. Permanecían agarrados de la mano, con la cabeza de ella apoyada en ese hombro de boxeador que, aun con el paso de los años, seguía siendo robusto. No solo estaban emocionados; estaban orgullosos de lo que habían visto y disfrutado.

Eran como esos abuelos que ven a sus hijos y nietos crecer, convertirse en buenas personas, en gente con valores.

Gadea apretaba con fuerza la mano de Fernando. No podía estar más orgullosa de él. Sabía que todo aquello lo había construido con firmeza, apego y, sobre todo, con una generosidad inmensa en el esfuerzo. Porque así es como se logran las transformaciones más difíciles.

La mayoría de los que estaban en ese cuadrilátero no lo habían tenido nada fácil en la vida. Pero eso no los paralizó ni los dejó atrapados en la queja. Todo lo contrario.

Todos cayeron, pero intentaron levantarse. Y no se levantaron solo para estar de pie. Se levantaron para seguir peleando. Y vaya si pelearon... en la vida y en el *ring*.

—¿Cómo estás?

Gadea lo miraba fijamente. Seguía tan enamorada como el primer día que entró en ese planeta lleno de sacos.

—Bien, cariño. Muy bien. No puedo estar más orgulloso.

—Se te nota en los ojos. Tienes la cara de quien ha hecho bien su trabajo.

—No sé si lo he hecho bien todos estos años, pero sabes que siempre fue mi intención. Siempre he intentado hacer el bien. Porque todo lo que hagas en tu vida, tarde o temprano, te vuelve.

—Me lo has enseñado bien en todos estos años —murmuró Gadea sin dejar de mirarlo.

—Todo vuelve, cariño. Siempre encuentra el camino para regresar. Lo bueno y lo malo regresan en la misma proporción en que los generas. Puede tardar más o menos, pero llega.

—Sin duda alguna.

—Todo, y repito, todo, tiene su camino de vuelta...

EPÍLOGO

Hay peleadores que se suben al ring para ganar cinturones.
Y hay otros que se suben para no perderse a sí mismos.
A Jero lo conocí primero desde la distancia. Desde
esa frontera invisible que separa dos rincones. Ese lugar
donde el silencio pesa más que los gritos y donde uno
aprende a leer almas en lugar de golpes. En el boxeo pasa
algo curioso: antes de cruzar un guante, ya sabés quién
tenés enfrente. No por la técnica. No por la postura. Por
la mirada. Y queda claro rápido cuando alguien no es un
tipo común. Porque hay hombres que entrenan para pegar. Y hay hombres que entrenan para sobrevivir. Jero
pertenece a esa segunda especie. La más rara. La más
peligrosa. La más noble.

Viene de esos barrios donde la infancia no tiene música de fondo, donde la ternura se aprende tarde y donde
cada esquina te pregunta si vas a ser víctima o vas a pe-

lear. Barrios donde el respeto se gana resistiendo y donde el miedo camina sin disimulo. De esos lugares donde el boxeo no es deporte: es idioma. Es refugio. Es una forma de decir «sigo acá» cuando todo alrededor parece empujarte hacia otro destino.

Muchos creen que los campeones nacen en los gimnasios. Mentira. Los campeones nacen en el dolor. En la falta. En la carencia. En esa sensación de que si no aprendés a defenderte, el mundo te pasa por encima. Y Jero tiene ese dolor que no se enseña. Ese que no se entrena. Ese que se queda pegado en la mirada para siempre. No como una herida abierta, sino como una memoria encendida. Una memoria que no te deja olvidar de dónde venís, ni quién eras cuando todavía nadie te veía.

Lo curioso es que, cuando algunos salen del barro, lo hacen para olvidar. Para huir. Para borrar las huellas. Para construirse una versión más limpia de sí mismos. Él no. Él volvió. Volvió a los pibes rotos. A los que nadie quiere cerca. A los que incomodan. A los que gritan pidiendo ayuda, pero solo saben hacerlo rompiendo cosas. Y eso no es un gesto romántico. Es una decisión incómoda. Porque trabajar con el dolor ajeno implica ensuciarse otra vez. Implica volver a oler el miedo. Volver a escuchar los gritos. Volver a mirar a los ojos a esa parte del mundo que muchos prefieren no ver.

Mientras otros usaron el boxeo como trampolín para escapar de la violencia, él decidió meterse de lleno en ella. Pero no con puños. Con algo mucho más difícil: con presencia. Con paciencia. Con esa firmeza que no humilla, pero tampoco retrocede.

Hay que tener más coraje para sentarse frente a un chico perdido que para pelear doce *rounds*. Porque arriba del ring sabés quién es el rival. Abajo, no. Abajo el rival puede ser la desesperación. Puede ser el abandono. Puede ser la rabia acumulada durante años sin que nadie la escuche.

Y ahí es donde se mide a los hombres de verdad. En el lugar donde no hay cámaras, donde no hay gloria, donde nadie levanta el brazo al final. En ese territorio gris donde las victorias no se celebran con aplausos, sino con pequeños cambios casi invisibles: una palabra menos violenta, un gesto menos agresivo, una decisión distinta.

Se metió en casas donde volaban platos, puños y vergüenzas, en familias que respiraban miedo, en historias donde el odio era idioma materno. Y se quedó. Sin cámaras a veces. Sin aplausos casi siempre. Sin garantías nunca. Se quedó cuando era más fácil irse. Se quedó cuando la respuesta no llegaba. Se quedó cuando el esfuerzo parecía no alcanzar. Eso no lo hace campeón. Eso lo hace necesario.

Vivimos en un mundo que aplaude a los que brillan, pero se olvida de los que sostienen. Y Jero sostiene. Sostiene miradas, sostiene rabias, sostiene chicos que están a un paso del abismo. Sostiene silencios que pesan toneladas. Sostiene historias que podrían terminar mal… y pelea para que no terminen así.

Y después escribe.

Y escribir, para alguien que peleó tanto, es otra forma de desnudarse. No hay vendas que protejan cuando uno pone en palabras lo que dolió. No hay campana que corte el *round*. Solo está la verdad.

En estas páginas no vas a encontrar a un héroe. Ni a un maestro perfecto. Ni a un iluminado que todo lo resuelve. Vas a encontrar a un tipo real. De los que sangran. De los que dudan. De los que se equivocan. De los que alguna vez estuvieron del otro lado del miedo. Pero también de los que vuelven a levantarse con esa dignidad que no se compra ni se finge. De los que entienden que la fortaleza no está en no caer, sino en qué hacés cuando el suelo ya te conoce demasiado.

Porque si algo tiene el boxeo —y la vida— es esto: no sos lo que te pasa. Sos lo que hacés después. Después del golpe. Después del error. Después de tocar fondo. Y Jero hizo algo hermoso con sus cicatrices: las convirtió en puentes. Puentes para que otros crucen. Puentes para que algunos lleguen a tiempo. Puentes para que un pibe, en algún lugar, entienda que todavía hay salida, aunque todo le diga lo contrario.

Este no es un libro para leer con distancia. Es un libro que se mete debajo de la piel. Como un *round* largo que parece no terminar. Como una noche difícil en la que aprendés algo que no sabías de vos. Como una verdad que incomoda, pero también abraza.

Si llegaste hasta acá, no estás por entrar en una historia cómoda. Estás por entrar en una vida. Y las vidas que valen la pena siempre tienen algo en común: no te dejan igual.

Bienvenido a la esquina donde no se tira la toalla.

Sergio Gabriel «Maravilla» Martínez

AGRADECIMIENTOS

Este libro no llega solo hasta aquí.

Hay muchas personas detrás de estas páginas, y lo justo es empezar dando las gracias a quienes aceptaron acompañar una idea que nació pequeña y terminó creciendo mucho más de lo que imaginábamos.

Gracias al jurado de #JerobuscaPrólogo por leer con atención, respeto y corazón cada uno de los textos que llegaron hasta nosotros: Miriam Gutiérrez, Roberto Leal, Sergio López (Haze) y Pedro Simón, por su generosidad, su tiempo y su sensibilidad al escuchar lo que más de trescientos jóvenes tenían que decir.

Gracias a Planeta y a Temas de Hoy por acompañar esta historia.

Y especialmente a Sergi, por volver a abrirme la puerta y confiar una vez más, sin preguntas ni reservas. Por creer no solo en estas páginas, sino también en la pequeña locura de #JerobuscaPrólogo. Porque contigo, Sergi, siempre es sí. Gracias.

Gracias a mis hijos, que siempre tienen la capacidad de devolverme al lugar correcto cuando me pierdo, de recordarme lo importante cuando todo se llena de ruido y de ordenar mi mundo.

Gracias también a mis boxeadores. A los que han caído y se han levantado. A los que han aprendido que la verdadera pelea casi nunca ocurre dentro del ring, sino fuera de él. De todos ellos está hecha, en el fondo, esta historia.

Gracias, Necko. Tú ya sabes por qué.

Y gracias a Paula Llodrá. Por estar siempre. Por ver al escritor antes incluso de que yo me atreviera a serlo. Por ordenar este libro... y muchas veces también al autor. Y por haber encendido la chispa de #JerobuscaPrólogo. Porque, al final, todo esto es simplemente... tan Paula y Jero.

 temas de hoy